EVIL SOUL

少年魔人傳說

邪貓靈/文 Lyoko/圖

2 都是情書惹的禍

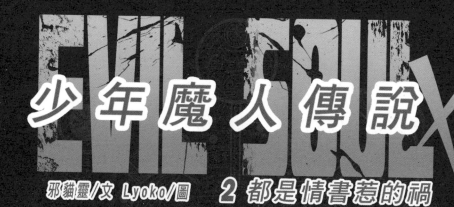

人物介紹

主要人物

元澍

平凡的十八歲少年，從郊區來到大都市就讀大學，為M大藥劑系一年級新生。個性爽朗卻也孩子氣、衝動，很容易被人激怒，是個路痴；身手了得，很喜歡打架，以彈弓為防身武器。原以為自己只是普通的孤兒，卻不料自己的身世竟與「魔人」扯上關係。

顧宇憂

M大醫學系三年級學生，是已逝偵探元漳的助理，專門協助警方祕密處理關於魔人的委託。他聰明冷靜，卻沉默寡言，不擅長表達內心的情感，但其實是個很會照顧人的鄰家大哥哥，擅長做料理。個性冷漠的他與一連串怪異的行徑，讓元澍心裡有種毛骨悚然的感覺。

伍邵凱

二十歲M大心理系一年級新生，是元澍在新環境裡交的第一個朋友，後來兩人成為好友死黨。他擁有燦爛和具有感染力的笑容，個性熱情隨和，很容易相處，是個陽光男孩，但只要有人把他誤認為女生，就會變臉揍人。他身手敏捷有如一陣風，座騎是一輛野狼機車，喜歡飆車。

元漳

開設一間偵探社，專門協助警方處理魔人的委託案件，後來自殺身亡。但死因成謎，僅留下意味不明的遺書與偵探社給素未謀面的兒子元澍。

嚴克奇

警方重案組負責人。從祖父那一代開始就與元漳聯手管制城裡魔人的問題，除此之外，也經常要求好友顧宇憂幫忙查案。性格有點高傲臭屁，不過跟他混熟的人都知道他是個關心市民的好警察。

維爾森

身兼M大學教授的法醫。他風趣幽默，很喜歡講廢話；外表是個溫文儒雅、充滿書卷味的大帥哥，實際上有戀弟情結，很保護顧宇憂和元澍。其真實身分似乎與元澍的母親有關係？

次要人物

安永煥

M大醫學系二年級學生，元澍的直屬學長。他心直口快，開朗熱心，對元澍照顧有加。

盧小佑

M大心理系一年級新生，與伍邵凱是同班同學。半年前遇劫而被砍斷了右手掌，卻因此捲入了黑道戴家的連環命案，成為凶嫌之一。她個性內向害臊，說起道理來卻滔滔不絕。

CONTENTS

・第一章・

4848男

我被新來的教授性騷擾了！
被那個人面獸心的紅髮男人半推半就的擄走了！

‧一‧4848男‧

豔陽高照、晴空萬里的早上。

欸？這邊好像剛剛才走過的樣子……

放緩車速，把小綿羊停靠在路邊一個不會阻礙交通的地方，我拿下安全帽，抓了抓被汗水浸溼的頭髮，感覺自己快要被夏天的熾陽烤焦了。

好熱啊！為何我要自討苦吃，大熱天騎著小綿羊在人生地不熟的大都市兜風……呃，是找尋去學校的路呀。

拉下身後的背包、打開，從裡面翻出一張詳細得不得了的地圖，我撓撓頭，想要弄清楚自己到底身在何處時，卻完全沒頭緒。

靠，從公寓前往學校的路，跟我「同居」的顧宇憂或死黨伍邵凱不知載我來回了多少次，昨天一領到伍邵凱帶我去機車行訂購的小綿羊後，我還挺有信心……不，是極具十足把握一定能順利找到去學校的路，所以才會拒絕了那兩個人的幫忙。

拜託我已經是大學生了唄，連這點小事都做不到的話，不被人笑話才怪。

或許，他們也認為我一定能找到路，就沒阻止我獨自騎著小綿羊出來，畢竟那條路都已經走了快要三個禮拜了。只是沒想到，才騎了不到三分之一的路程，我就有些崩潰的發現自己不知拐到了哪邊去。

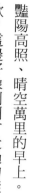

眼前的景色越來越陌生……這根本就不是通往學校的路啊！

「我才沒那麼遜啦，一定是道路改建了！一定是……」一邊端詳手上的地圖，我一邊拿出筆記本搧風，什麼鬼天氣啊。

幸好我今天提早半個小時出門，不然鐵定遲到了。

正在洋洋自得自己有點小聰明時，我也大概弄清楚了自己的所在位置。

哼哼，原來是剛剛的十字路口原本要直走，我卻拐到了右邊。好吧，如果我現在掉頭，回到剛才的十字路口，只需要拐向右邊就能前往對的路了……

孤兒院院長一直笑我是路痴，要我來到A市這座大都市後最好別亂跑，不管去哪裡都要坐計程車，否則為了省錢而不小心把自己賣掉，到時候可就虧大了。

哼哼，我就是不信邪，他要詛咒我是吧？我一定不會讓他得逞的！

心花怒放的轉個頭，我催動油門，以龜速騎回剛才的十字路口。

當熟悉的十字路口開始出現在我眼前時，對面車道有一輛正在高速行駛的車子突然緊急煞車，輪胎與路面磨擦時發出了刺耳的「咯吱」聲，害我耳膜差點跟著磨破了，整個人也差點從機車上面摔下來。

放緩車速，驚魂未定的我瞄向發出刺耳聲響的地方，打算順便罵他幾句粗話時，赫然發現那是一輛豪華休旅車，有錢人開的那種。

呃，好吧，我這窮學生可不想跟有錢人槓上。咳了一聲，才想要催動油門專心騎車時，那輛車子卻又動了起來。排氣管在發出一聲怒吼之後，車子快速越過馬路中央的雙黃線，直接從對面車道往我這邊衝了過來，速度之快，差點就要撞上我這個新手了！

「嗚啊——」幾乎是反射性的動作，我立刻跳下機車逃命，可憐的小綿羊就這樣「碰」一聲倒在路邊。

休旅車的司機好像沒看見我這個差點被嚇破膽的大學生，一踩油門，車子馬上朝向前方的十字路口衝過去，還闖紅燈咧！

我呆愣愣的看著那輛橫衝直撞的車子離開，直到連車屁股都看不見時，才回過神來。

「4848……」那是一輛進口車，車牌號碼的數字是4848，讀起來真像「死吧死吧」，他是要趕去投胎喔？還是想趕去死？

正在揣測他急於突然變換車道，到底是想趕去哪裡時，視線突然與可憐兮兮的倒在路邊的小綿羊對上……

「啊——我昨天才上路的機車啊！」心疼的上前去扶起它，我發現車身有些擦傷，噢不，是被刮花了，心痛死了！

吼——那輛「死吧死吧」的車子，我詛咒那個司機最好趕快去死啦！

捣著隱隱作痛的心，我騎著小綿羊來到前面的十字路口，嘴裡仍在咒罵那個該死的司機。

呃，剛才說是要左轉還是右轉了？

我好像記得是左轉吧？

交通號誌轉綠時，我毫不猶豫的向左轉，騎了一段路，周圍的景色……怎麼看起來還是很陌生啊？！又走錯了嗎？

喂！A市的路是存心想跟我作對是吧？！現在到底是怎樣？

我想要掉頭，卻忘了自己剛才已經拐了幾個彎。把機車停在一棵蔭涼的大樹下，抱著頭，我真的好想哭！

突然，我聽見附近傳來了一陣吵雜聲，循著聲音來處望去，發現自己就停在一座公園旁邊，公園另一端的馬路邊圍了一些人。

咦？出交通事故了嗎？

正想上前去湊熱鬧時，人潮旁邊傳來了緊急煞車聲，害我又嚇了一大跳。靠！大都市的人，都有緊急煞車的壞習慣嗎？

不過，我的腳步在瞥見那輛車子的車牌號碼時，頓時僵住了，「4848？！」

・一・4848男・

我還沒回過神來，駕駛座的車門被人一腳踹開，然後一個染了一頭暗紅色頭髮和戴著眼鏡的男人從裡面走出來，二話不說的擠進了人潮裡，還扯開嗓門指揮那些圍觀者。

「請大家讓開一下！傷患需要呼吸新鮮空氣！」

帶點磁性的宏亮聲音一響起，人潮稍微退後了一點，我能清楚看見馬路邊躺了一個血流滿面的人，看樣子已經昏迷過去了。

旁邊有輛機車倒在路面上，再過去一點還有一輛車頭稍有損壞的私家車。是一起交通事故沒錯吧？

那個紅頭髮的男人看起來很年輕，鼻梁上掛著一副無框眼鏡，長得還滿帥氣的。他正熟練的打開手上的急救箱為那個傷患止血。

咦？他是……醫生嗎？突然變換車道，是為了趕來事故現場吧？

人家說救人一命勝造七級浮屠，為了救人而違規駕駛，算是情有可原吧？

看樣子，我是錯怪好人了呢。

原來是醫生呢……就讀醫學系的顧宇憂，將來也會成為醫生吧？

我一直盯著那個為傷患施救的紅髮男人，直到熟悉的手機鈴聲響起，才回過神來。

「喂？」我立刻從背包裡摸出手機，一看是伍邵凱，趕緊接通來電。

「喂，你還沒到學校嗎？」

「呃，啊！我好像走錯路了，現在轉回去，很快就會到了，呵呵呵……」說完還傻笑三聲。

「就知道你這個糊塗鬼會這樣，可是沒理由啊，那條路你已經走了快要三個禮拜了耶，所以我和學長今天才放心讓你自己騎。」

你指的學長是顧宇憂吧？拜託別再刺激我了啊！

「欸，你等一下……」伍邵凱突然打住話題，壓低聲量不曉得在跟誰交談。過了好幾秒，他才繼續說：「喂，學長叫你別亂跑，他開車過去接你，你現在在哪？」

咦？他們怎會在一起呢？

「呃，不用了啦，再繞幾下就會到了。」該死，連那座冰山也知道我迷路了，這回鐵定被他笑死！

「他堅持要去載你喔，你到底在哪？」

「我又不是國小生，自己懂得上學的路啦……」我有些懊惱的婉拒，沒想到話還沒說完，電話那頭已響起了顧宇憂帶點諷刺的聲音。

「剩下十五分鐘就要上課了，你確定自己能找到路？」

「十、十五分鐘？！」啊啊，我忘了要注意時間啊！

「你在哪，我過去接你。」不容他人拒絕的語氣。

「我、我也不知道自己在哪裡……」垂下肩，我無力的妥協了，要是遲到，可是會被教授罰抄字呢。

沒錯，有個教授就是無聊成這樣，把我們當國小生來處置。

「那邊有什麼比較明顯的特徵？」

當偵探的人，頭腦果然轉得比較快。

「呃，旁邊有個公園……」我東張西望，努力找找看有沒有比較明顯的地標，「啊，公園對面有座很高的大樓，叫什麼帝國樓的……」

「我知道了。」他馬上打斷我的話，「把機車牽到一個安全的地方停著，然後在那座公園等我。」說完，不等我回應，已掛上了電話。

「欸……」

手機聽筒傳來了被掛斷的嘟嘟聲，我有些無奈的收起手機，趕緊安置好小綿羊，再回到原來的地方等他。

百般無聊的我，又把目光拋向對面的馬路。效率奇高的救護車早已來到了現場，醫務人員已經把那個傷患放在擔架上，再小心翼翼的抬上救護車。救護車一離開，旁邊看熱鬧的人群也漸漸散去了。

那個紅髮青年把東西收進急救箱後，也回到車上重新啟動引擎，然後龐大的車身又像子彈般「咻」一聲衝出了馬路。

同時，我旁邊傳來了車子的喇叭聲。回過頭，熟悉的進口車立即映入我眼簾，車裡那個黑頭髮、擁有紅色眼瞳的司機正蹙起眉頭瞪著我。

不敢怠慢，我立刻打開副駕駛座的車門鑽了進去。

「幹嘛發呆？」

「沒什麼。」我搖了搖頭，誰會承認自己發呆啊？

不經易瞥了一眼手錶，我發現距離跟伍邵凱通電話，不過才五分鐘而已……這傢伙居然只用了五分鐘就飆車來到這裡？！

我傻眼了。

旁邊的人用怪異的眼神打量我數秒，才重新踩下油門直奔學校而去。

「機車暫時先放著吧，以後我和伍邵凱會互相協調，接送的工作還是由我們來做。」

安靜的坐著，我沒插話，也沒反駁，因為他現在的車速少說也有一百二十啊啊啊！

把身背緊貼座椅，一手抓著旁邊的扶手，我正忙著禱告死神別在這時候找上我！汗，為避免類似的飆車事件再次重演，以後還是乖乖搭別人的順風車上學就好了。

因為不管是顧宇憂還是伍邵凱，他們都有飆車的惡習，特別是在與時間賽跑時，那種車速簡直教人不敢恭維，就像現在這樣。

我才十八歲，不想要英年早逝啦，嗚……

※　…　※　…　※　…　※

好丟人的早上，只差那麼一分鐘就遲到了。

當我小跑著來到講堂門口時，那個有早進講堂習慣、喜歡罰人抄字的教授就在我身後而已，而且還出奇不意的從後面拍了我肩膀一下，害我嚇得大叫一聲。

講堂裡的同學全都以怪異的目光注視著我。

打從開學到現在，我這人的出席率有點可悲，也不知是哪個八卦的傢伙傳出我跟黑道有瓜葛，甚至涉及上次戴家的那起連環命案，所以同學們好像對我有所忌諱，幾乎是從開學到現在，沒有半個人願意自動上前來找我攀談，拋在我身上的目光也帶著審視的意味。

「好小子，很高興看到你！」教授並沒有為難我，可是他的話卻令我「囧」著一張臉。

教授你能不能換種方式打招呼啊？嚇死我了，也丟臉死了。

癟著嘴，匆匆找了個空位坐下、拿出書本，身後傳來了幾個女同學竊竊私語的聲音。

「聽說系上來了個新教授喔，那個才教了我們三個禮拜的吳教授臨時被派去海外進修咧。」

「嗯，聽說新教授是剛從美國留學回來的，他在美國大學讀速成班畢業的，年紀輕輕的就拿到兩個國際認可的博士學位耶，而且還是個醫生耶！太強了！」

「告訴你們喔，剛剛我經過校長室外面時，正好遇見來學校報到的新教授喔！他看起來很匆忙，不過長得真的很帥氣，渾身還散發著書卷味呢。」

「哇，妳是說真的嗎？」

「當然啊，而且開了一輛進口的休旅車喔。沒想到可以跟偶像劇一樣，遇到一個長得既年輕帥氣又很優秀的教授，如果可以跟他發展一段師生戀，我也就不枉此生了。」

「少臭美了，妳以為人家一定看上妳嗎？」

「如果敢鼓起勇氣告白的話，就一定有機會！」

「哈，妳是自信過頭了吧？」

……

現在的女生，讀大學到底是來拿文憑的還是來領結婚證書的啊？

呃，好吧，其實我自己也很渴望交女朋友，但就是不明白為何像我這種既帥氣又很會打架且正值花樣年華的十八歲少年，竟然淪落至連一個前來告白的女生都沒有？

我自認自己很隨和很好相處啊，那些女生是瞎了眼嗎？寧願選擇教授也都不願看我一眼，拜託能當教授的少說也三十幾歲了，已經是個大叔了好不好？

什麼年輕有為的教授，哼！如果來的是個美女教授，該有多好？再跟我發展成師生戀就更妙了。

不過，說到休旅車，這年頭駕駛進口車的年輕人真多，我住的地方就有一個，而且只比我大兩歲而已。

時間在我胡思亂想下，不知不覺的流失了。一結束三個小時的課，已經來到了中午時分。

我下午一點半還有課，不得已只能到學校餐廳用餐。

喏，不就是要上那個新教授的課嘛！不過，我倒想看看那個持有兩個博士學位的大叔到底有多強，說不定光有外表，一整個中看不中用。

學校餐廳的食物真的有夠難吃的，要是今早沒跟小綿羊分開，就能隨心所欲到外頭用餐了。

我以為自己會一個人荒涼無比的在餐廳啃漢堡，沒想到下午沒課、正要前往便利商店打工的伍邵凱，以及忙著籌備大學迎新活動的顧宇憂，居然同時出現在餐廳裡。

一個像餓壞的獅子般狼吞虎嚥，一個像隻貓咪般細細品嘗眼前不怎麼好吃的炒飯，兩人在我面前成了強烈的對比。

顧宇憂在任何時候，即使非常忙碌或面對緊急狀況時，仍會表現出一副泰然自若的穩重氣息。跟他一起吃東西時，一定不能過於粗魯，以免自慚形穢。

伍邵凱是那種什麼都無所謂的傢伙，依舊大口大口的吃他的麵。

「喂，早上沒遲到吧？」伍邵凱突然抬頭問我，嘴角還沾了辣椒醬，嘖。

「有火箭好搭，怎麼可能遲到？」偷瞄了顧宇憂一眼，我故意這麼說。

「耶？火箭？我也好想試一試啊。」他羨慕不已。

「哼，一定有機會的！」

而被我揶揄的當事人，看起來沒什麼反應。

……死木頭！

「明晚的迎新活動，你們都會出席吧？」啜了一口咖啡，顧宇憂問了跟話題無關的問題。

說到迎新活動，大都市的大學就是跟其他學校不一樣，別人有迎新宿營，M大卻只舉辦晚會。當然，那晚會也包括了交流、夜遊和營火會，地點設在自家校園。

不過，每個新生都有直屬學長或學姊帶領，這一點倒跟一般大學一樣。

巧合的是，我的直屬學長居然是那個之前被我誤認為是戴欣怡學姊的男友，那個醜男……呃，我的意思是大眾臉學長安永煥，讀醫學系大二的那個。

伍邵凱的是個學姊，跟安永煥讀同個科系，名字好像叫丘什麼宜的，我見過她幾次，頭髮短短的，是那種甜美型的女生，長得還滿漂亮的。

恨啊，伍邵凱不知走了什麼狗屎運，我也好想要直屬學姊而不是學長啊！

「學長主辦的活動咧，當然要去！況且我也好想認識漂亮的美眉啊。」嘴裡塞滿麵條的伍邵凱不顧形象的舉手，「我聽說醫學系的新生裡面，有幾個長得滿漂亮的咧！雖然我系上也是有美女啦，不過不能經常見面的，感覺上會比較可貴。」

什麼話啊，有個令人口水直流的直屬學姊還不夠嗎？好想找天暗算他，狠狠的把怒火發洩在他身上。

老實說，我沒想到那個難以相處的顧宇憂竟然是活動組組長，他看起來完全是那種不會參與學校或社團活動的孤僻鬼。

不過話說回來，無論是醫學系還是心理系，的確有很多女生，反觀我這冷門的藥劑系，大部分都是男生，而且……女生好像也不夠漂亮的說。

「元澍？」顧宇憂把視線移向我，像在等我回答。

「去！當然要去。」我也好想認識像戴欣怡學姊那樣漂亮的醫學系女生啊。說到學姊……唉，她是第一個奪走我好感的女生，沒想到卻是個殺人凶手。想到這，我就心寒不已。不過，那案件不知道調查得怎樣了。

「可是打工那邊，老闆肯放行嗎？」嚥下一口飯，顧宇憂有些懷疑的問。沒辦法，他也知道我和伍邵凱是個窮學生，不打工的話就沒錢吃飯。

「放心啦，老闆是個明白事理的人，不可能眼睜睜看著我和元澍的大好青春被孤獨吞噬啦。」感覺伍邵凱說話越來越文藝了，「他也曾年輕過，明白讀書不忘泡妞這道理嘛。」

我直接無視他的話，轉向顧宇憂詢問關於戴欣怡學姊的事。距離戴家連環命案的凶手，也就是戴家千金戴欣怡落網後，已將近兩個禮拜了，但另一個神祕女凶手仍逍遙法外。

「警方那邊還沒逮到那個神祕女凶手嗎？」

輕輕搖了搖頭，再拿起紙巾擦嘴後，顧宇憂才漾著慵懶的笑意說：「檢察署那邊會先把戴欣怡移送法辦，至於還在逃的那個，嚴克奇那邊仍會繼續追查。換上了別人的手掌，要追查出她的真實身分可沒那麼容易。」

「說不定凶手就是那個盧小佑，她這麼做，莫非是想擾亂警方的調查，逃離法律制裁。」伍邵凱插話，「說不定，她就是傳說中的魔人呢！魔人不但擁有自癒傷口的能力，即使少了一隻手，還是能殺人喔……」

「盧小佑這個人，警方仍會繼續留意的。」紅眼少年打斷伍邵凱的胡言亂語，擺出一副「話題結束」的模樣，繼續吃他的飯。

喂，都說了魔人只是個傳說，那就是不存在的事實啦！

我也懶得去理會那傢伙的廢話，自顧自的想著：只是幫戴欣怡殺幾個人而已，需要如此大費周張，犧牲自己的手嗎？這是我想不透的地方。

被無視的伍邵凱突然用力「呼」了我肩膀一下，害我差點噎著。

他一定是故意的！

「安啦！抓凶手的事就交給警方去調查好了，你啊，還是先擔心自己明晚能不能把到美女吧，嘻嘻。」

「喂，別老是出其不意拍人家啊，會被你拍死啦！」我不滿的吼他，「你還是擔心自己好了，矮、冬、瓜！」我坐直身子，居高臨下瞪著身高才一百六十多的伍邵凱。

「嘿嘿嘿，不是所有女生都喜歡長得太高的男生啦，她們會覺得自己高攀不起喔，再說呀，我對自己的笑容可是很有信心呢。」他做了個鬼臉，然後有些遺憾的繼續說：「唉，話說我也不是路痴，跟我約會不必擔心迷路，哪像某些人呀，說不定約會時的時間全都要用來看地圖找路呢……」

「去你的，我詛咒你被男生告白！」這是我第一次覺得這個長得比女生還要漂亮的美少年很可惡，正想讓他嚐嚐我的拳頭時，他早就俐落的抄起還沒喝完的氣泡飲料、抓起背包跑向門口。

「我去打工啦，下午就拜託學長載你回家啦。」

「臭小子！」我氣呼呼的瞪著轉眼間已逃至門口的伍邵凱。

「噢，對了！」拉開玻璃門時，像是突然想到什麼似的，伍邵凱從背包裡摸出一樣東西拋給我，「這是賠給你的，是我拜託同學做的，握感很不錯喔！」說完，一溜煙的跑掉了。

一手接住那傢伙拋過來的東西，看仔細之後，發現居然是彈弓耶！跟我那個被學姊削成一半的差不多模樣。

握緊那個玩意兒，我嘴角彎起了一個好看的弧度。那小子也不是真的那麼惹人厭啦。

其實那個壞掉的彈弓，我並沒有立即丟棄，畢竟是孤兒院院長送給我的東西，對我來說意義深重。

「彈弓？要送給誰家孩子的？」那個從頭到尾都對我和伍邵凱的爭執無動於衷，仍在慢條斯里吃著炒飯的顧宇憂，一看見彈弓，忍不住開口問我。

我在心裡小小聲的「幹」了一聲，是誰說只有小孩才玩彈弓啦！

「不關你的事啦。」趕緊把東西收起來，我繼續吃著漢堡。

「那天我見你撿起了一個斷成兩截的彈弓……你有收集彈弓的嗜好？」

喂，你今天的問題很多咧。

「囉唆，你不是忙趴了嗎？還有時間管別人的事喔。」

聳了聳肩，他沒回答我。直到吃完那盤炒飯，他才抬起頭說：「下午我的課會比較晚結束，所以你一上完課，先來這裡等我吧。」說完，開始收拾桌上的東西。

剛才一邊吃飯時，他還拿出筆記本塗鴉，大概是標注一些報告的重點吧。

讀醫學系不容易吧？他看起來真的很忙。

「知道了啦。」我又不是小孩子，不需要一直叮嚀啦。

討厭，還以為下午可以自己騎小綿羊去便利商店打工，下班後再順便繞過去找安律師。

那個負責處理我爸遺囑的安律師在一個星期前致電給我，說已經申請取回我爸的遺書了，所以要我去跟他拿。反正我也不是很想拿回來啦，但既然安律師已經提出申請了，我也不能開口說不要。沒想到這一拖就是一個星期。

算了，今晚再叫伍部凱載我去拿就是了。

眼看時間已經差不多了，我和顧宇憂一起離開學校餐廳，就各自跑向下一堂課的講堂。

爬了兩層樓的階梯，正想踏入講堂大門口時，沒想到早上那幕被教授嚇著的戲碼又差點在同學們面前上演。但這一次不是被拍背也不是被拍頭，而是在毫無預警下被人從後方撞了一把，害我差點跌個狗吃屎。

「啊，抱歉，剛才走得太匆忙，沒看見前面有人。」

男人的聲音，還是很動聽的那種。

喂，我生來是被男人撞的嗎？自從來到A市以後，我已數不清自己被臭男人撞倒幾次了！

回過頭，我正想要直接開罵時，卻與那頭似曾相識的紅髮和無框眼鏡打了個照面。

「咦？……4848？！」我大驚失色，這世界怎麼這麼小啊？原來他還是個學生，而且跟我一樣讀藥劑系的！

幸好我反應夠快，剛才沒直接喊出「死吧死吧」。

「欸？你怎麼知道我的車牌號碼？」對方露出一個大大的笑容，講堂內馬上傳來了倒抽一口氣的聲響。

這人真是長得他媽的好看，跟我家的那座冰山有得比，而且還比我高幾公分，看起來成熟穩重，又很有書卷味，溫文儒雅……啊，總之要形容眼前的這個傢伙，大概要用上一千個字不等。

回過神時，我發現自己差點就要遲到了，今天要上那個新教授的第一堂課，千萬別遲到才好，誰知道他有沒有罰人抄字的怪癖。

「啊，我要進去上課了。」沒空跟你聊廢話啦。說完，我頭也不回的走進講堂。

「欸？原來你是我的學生……嘿，你該不會很早就知道我是新來的教授，偷偷跑去注意我開什麼車吧？」追上我，他跟我一起走進講堂。

啥？他說什麼？我是他的學生？他就是那個……新來的教授？！

同樣駕休旅車、充滿書卷味……我恍然大悟！

但老子管你是誰！剛才那些話真教人大為光火。我又不是女生，哪會幹那種偷偷摸摸的事啊？少給我自以為是了！

「你少在自己臉上貼金啦！我只是看到你違規駕車，從對面車道驚險萬分的越過中間雙黃線，再衝進反方向車道而已！還有，你那輛該死的車差點撞上我啦！」我氣得轉過身大吼。而且被你那麼一嚇，害我又拐錯路還差點遲到！

「欸？」他愣了那麼一下下。

「欸？」講堂裡的學生也紛紛震驚不已，然後又開始竊竊私語。

「不是很有權威的留美生嗎？竟然違規駕車咧。」

「對啊，還差點撞到人。」

「說不定在美國的人都是那樣開車的吧？」

我、我、我竟然在大庭廣眾之下脫口喊出那些氣話！不敢去看那教授錯愕的帥臉，我很快的找到空位坐下，然後低著頭拿出書本準備上課。

呃，大家該不會因為我的那些話，對這個新教授的第一印象大打折扣吧？

好不容易挨到了下課，感覺整個人快要虛脫了。

為何我的大學生涯會如此可悲啊？同學們疏遠我，現在連教授都得罪了，我是不是要開始考慮轉學的事了……話說，轉學考好像很不簡單……

同學們陸陸續續起身離開講堂，留下一些女生還在教授身旁轉呀轉，假意詢問課業上的問題，誰不知道她們只是想要藉機親近他罷了。

哼，這些只有在漫畫或小說情節才會出現的畫面，為啥全都發生在這個教授身上啊！老天，你也太不公平了！

這教授名叫維爾森，英文名叫 Vincent ，感覺好像連名字都帥氣過人。

早知道醫學系畢業的男生會如此深受女生歡迎，當初即使不吃不睡，也要努力考上。未來醫生這名堂，怎麼聽都比藥劑師威風多了。

看嘛，講臺前那傢伙就是其中一人，連我家裡那個臉上沒什麼表情的木訥傢伙聽說也滿受女生歡迎的，在大一時的仰慕者多得數不清。只不過他完全不領情，把人家視為透明的空氣，久而久之，那些女生只能冒著愛心泡泡遠遠的偷窺他，再也不敢有所行動。

瞄了一眼牆上的時鐘，心想反正顧宇憂沒那麼快下課，不必趕去打工的我也沒地方可去，就慢條斯理的收拾書本和筆記，再慢吞吞的走向門口。

幸好這間便利商店的老闆挺隨和的，熟練店內工作的伍郘凱也能一個人當兩個人用，所以我若下午有課，可以在傍晚過後才去店內工作，反正資薪是以時薪計算的。

「元澍！」

身後傳來某男人宏亮有活力的叫聲，我的腳步倏然停下。

似乎還留在講堂裡的男人，除了我，就只剩下那個被女生團團包圍的教授而已吧？

他幹嘛叫住我？是想要教訓我，還是警告我？

還來不及轉過身，肩膀已被人從後面攬住了，然後有個暖烘烘的身體貼上了我的背。這就是女生稱之為的……熊抱不是嗎？！

啥？！我居然被男人熊抱！

我想要掙脫他的箝制，他卻收緊手上的力道，令我動彈不得。

「喂，你待會兒沒課了吧？陪我去幾個地方吧！」綻放著令人眩目的笑容，他這麼說。

靠，我們看似、好像、應該沒有這麼熟絡吧？

「你……」快放開我啊！

可是我才說了一個字，嘴巴卻被他摀住了。

我被新來的教授性騷擾了！

過度驚訝的我一時間反應不過來，結果在身後那堆女生的錯愕之下，被那個人面獸心的紅髮男人半推半就的擄走了。

來到走廊，他才鬆開手上的箝制，但那條手臂還是攬著我的肩膀不放。

「喂，放開我啦！」找回自己的聲音，我馬上喝止他胡鬧下去。

兩個男生在人來人往的校園內抱在一起，這像話嗎？我可不想成為耽美漫畫裡的男主角，拜託我女人緣已經夠差了好不好？

「哈哈哈，你說話很直接，我最喜歡性格率直的孩子了，好可愛，呵呵呵。」抽回手臂，他毫不客氣的捏住我的臉頰往外拉，像個怪叔叔般對我咧嘴笑。

「很痛啊！」拍走他的手，我兩眼噴火般瞪著他。

被男人說可愛，噁心得我好想吐！

「安啦，大哥哥我會好好照顧你的，等事情辦好之後，我會請你吃晚餐作為回饋的，走吧！」說完直接拽著我走向停車場，直奔那輛熟悉的休旅車。

「喂，不行啦，我要等人！」我已經跟顧宇憂說好要等他下課的，敢爽約的話，我大概會被他凜冽的目光瞪死。

「喔，那個紅眼睛啊！」

咦？他是怎麼知道顧宇憂的？

不過想深一層，也覺得沒什麼好奇怪啦，畢竟顧宇憂無論外表或課業上的表現都很亮眼，而且又是讀醫學系的，說不定他早上已經上過維爾森的課，也許兩人都已經交談過了。

「對啦。」知道的話還不快閃？「所以你還是另外找人陪你啦。」

「打電話。」停下腳步，他做了個打電話的手勢。

「欸？」打什麼電話？

「打電話給他啊，說我今天會負責照顧你。」

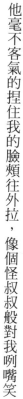

「欸?」顧宇憂不可能允許我跟一個陌生人外出吧?雖然對方看起來像個人模人樣的教授。

哼哼，為了讓他死心，我只好掏出手機打給那隻貓……那個貓男啦!

手機一撥通，才響了兩聲嘟嘟聲，我赫然想起他現在正在上課，那要怎樣接電話啊?

「喂，他在上課啦!」我立刻按下取消鍵。

「放心，他有辦法的。」

這人看起來怎麼好像很了解顧宇憂似的?

果然不出兩秒，手機響起了顧宇憂的專屬鈴聲。

「喂?」我幾乎是立即接通來電。

別誤會，為方便我「隨時隨地」拒絕接聽這傢伙的來電，我才特地設個專屬鈴聲給他。

「什麼事?」乾淨俐落的問話。

「呃，那個，維爾森教授你知道吧?他要我陪他去幾個地方……」盯著那個一直在對我微笑的男人，我戰戰兢兢的問。

「那你就跟他去，我在做解剖，就這樣。」說完，他馬上掛斷電話。

「欸?」我下巴差點脫臼。連對方要帶我去哪裡都沒有問就說 OK，怎麼會這樣?這通回撥的電話，確定是那個貓男顧宇憂打的嗎?

「看吧，我都說了，哈哈哈……」說完，維爾森得意的拽著我的背包，把我拉向休旅車。

「喂喂喂，我自己會走啦！」這人到底是不是教授啊？幹嘛這麼粗魯！完全跟他的外表不搭啊！

「親愛的同學，身為你的教授，我有義務好好照顧你的。」

汗，你講話能不能別那麼噁心？好想吐……

維爾森把我丟進副駕駛座後，車子像是飛碟般直接衝出校門口。

啊啊啊——這人的飆車程度比那兩個傢伙還要恐怖！老爸！我好想跳車！

「得先去找房子才行，不然今晚可要入住旅館了。」

他的話，總算喚回我的三魂七魄。

「咦？你還沒找到住的地方？」不經意的瞥向後車座，我發現座位全被行李佔據了。

「對啊，因為昨天天氣惡劣，又是大雨又是颳風的，我坐的班機延誤了整整十二個小時才起飛。原本昨天傍晚就應該到了，卻拖延至今天凌晨才抵達，唉，結果一下飛機，我只來得及租了這輛車子，卻沒時間找落腳的地方。」他語氣聽起來像在訴苦。

差點忘了，他剛從美國留學回來耶，而且沒想到行程會這麼趕。

「啊，好久沒回來了，沒想到這裡的變化這麼大，哈哈哈，不過幸好我還記得這裡的路。」

「你多久沒回來了？」我好奇的問。別告訴我你高中一畢業就直接飛去美國留學，然後就沒回來過。

「國中畢業後就離開了。」

咦？沒想到比我猜測的還要更早。

「你的家人呢？沒回來探望他們嗎？」我的好奇心更重了。

車裡頓時沉默無聲，他眼裡好像閃過一絲傷感，但眨了眨眼，又瞬間消失無蹤了。

「我離家出走喔，那時候。」

「啥？」一個國中生居然離家出走到美國去？！騙人！

「哈哈哈哈，你也覺得我很強吧？」

我眼角抽搐，有種很不想跟他繼續聊下去的念頭。

怪人！這間學校的教授全都是怪人！

「對了，要找什麼樣的房子呢？公寓會比較適合單身男子吧？可是洋房卻方便很多，不必走路和搭電梯。」一邊留意路邊的廣告紙，他自顧自的咕噥。

這裡的人為了省下廣告費，喜歡到處亂貼廣告紙，連路燈或馬路邊的護欄都不放過，倒是方便了那些急於租屋的人。

不過，某人對於住處的要求似乎一點概念都沒有，短時間內別想找到合適的房子吧？

我嘆了一口氣，感覺自己好倒楣啊。不行，一定要提醒他動作快一點，我傍晚還得去便利商店打工。

「那個……教授，我傍晚有點事……」

「啊，那邊的公寓好像很不錯！」

他無視我的話，突然緊急煞車，要不是繫上了安全帶，我現在大概已經撞破車前的擋風玻璃，直接摔出馬路了！

維爾森直接把車子停在路邊，然後拉著我下車，整個動作一氣呵成。

「呃，要先打電話跟房東約個時間吧？這樣子貿然上門……」

「是這樣嗎？」他狐疑。

「拜託——不是每個房東都守在屋子裡的好不好！」真是敗給你了。

「喔！」他恍然大悟，又折返那個貼著招租廣告的柱子，隨手把廣告紙撕下來。

這人好像有點神經大條……

他揚了揚廣告紙，又問：「然後呢？」

「打電話過去問他啊，問他現在方不方便讓我們上去看房子。」我真想送他一個白眼。

「喔，感覺這裡的人好含蓄。」

什麼啦？這是禮貌好不好！

有些不耐煩的，我拿過那張紙直接撥打上面的電話號碼。這人做事一點也不乾脆，真懷疑他到底是不是那個年紀輕輕就拿到兩個博士學位的教授，還是被調包了？！

喂，無家可歸的人又不是我，幹嘛要我來做這種事啊？

電話在我的哀號聲下被接通了。幸好房東剛好就住在這一帶，所以要我們稍等一會兒，他馬上過來。

「幸好有帶你出來啊，不然我可要白跑這一趟了。」維爾森一副開心的模樣。

唉，感覺跟這個人聊天真是浪費時間，把我的青春還給我啊！

「所以我今天一定要請你吃飯！」勾住我脖子，他笑笑的補充一句。

討厭，身體又貼上來了，難道他喜歡男人不成？

我完全不想搭理他，不過他怎麼說都是我的教授，所以他說什麼，我只能勉強點個頭，誰知道他哪天不高興，在成績上為難我就慘了。

好不容易等來了房東，終於看到房子後，這人卻拚了命的殺價。

無奈的坐在窗口邊，我看著高大帥氣的教授像個潑婦般，跟那個頂著啤酒肚的中年房東面紅耳赤的吵了將近一個鐘頭後，結果房子租不成，他提議先去兌現之前的承諾──請我吃晚飯。

我是不清楚這裡租屋行情啦，不過感覺房東出的價錢還算合理吧？而且家具一應俱全，教授卻還硬要壓價。

他應該是個吝嗇鬼。

※　…　※　…　※　…　※

熱鬧的夜市裡，我跟維爾森教授面對面坐在一張方桌旁吃晚餐。

「哎，吵到我口水都乾了，那個房東還真是小氣啊，一萬塊也不肯減，看來今晚是住定旅館了。」咕嚕咕嚕的把冰咖啡喝了個見底，他嘆了一口氣，再叫了杯檸檬紅茶。

又是咖啡又是紅茶的，這人今晚不想睡覺是吧？

希望這個人一吃過晚飯就能馬上送我回家，我可不想繼續看他跟別人殺價，那只會加深我對他的成見而已，完全沒有參考或教育價值。

再說啊，他又不是女生，幹嘛要人陪啊？真是的。

剛才叫的燴飯才剛上桌，背包裡的電話又響了起來，一定是顧宇憂已經忙完手頭上的事，問我在哪裡廝混吧。

「在哪？」一如往常的簡短冷酷口吻。

果不其然。

「夜市。」不是只有你會惜字如金！

「公寓附近的那個？你還跟那傢伙在一起吧？」

「我也不知道是哪個夜市啦，對啊，還在一起。」害我的打工也泡湯了……

「讓他聽電話。」

我感到莫名其妙，只好把手機遞給對面的男人，他毫不猶豫的馬上接過手機。

「喂？阿宇！解剖結束了？比預估的時間還要久喔。」

咦？維爾森叫顧宇憂什麼來著？！阿、阿宇？他們很熟嗎？！我差點沒一頭栽到桌子底下。

「我在以前孤兒院附近的那個夜市喔……你要過來啊？好啊，這麼多年沒見，是應該要聚一聚啦……嗯，好啊，那我就跟這小子在這裡等你喔，掰！」

·第二章·

迎新活動的悲劇

已來不及止住去勢的我，整個人也跟著跌出去。
慘了，沒想到我竟跟傾心於我的學姊一起葬身此地……

「喏，還你。」若無其事的掛斷電話，維爾森把手機還給我。

「你、你、你認識顧宇憂？！」驚嚇過度的我指著他結結巴巴的問，連手機都忘了拿。

「咦？那小子沒跟你說啊？」

他居然叫顧宇憂「小子」！他到底是何方神聖啊？

「難怪你看起來傻乎乎的，不過這樣子也挺可愛啦，哈哈哈！」他拉住我的手，把手機放在我手心上，再揉亂我頭髮。

「喂，別把我當小孩子啦。」感覺自己被耍了，我有些煩躁的推開他的手。

「對我來說你就是小孩子啦，我大了你整整六年唄。」

大六年很了不起？小心我叫你大叔！

「阿宇那小子跟我一起在孤兒院長大，他才兩歲大就被送進來了。小時候的阿宇很可愛喔，眼睛大大的，一看就知道是那種精明型的孩子。不過個性有點孤僻和內向，老是被其他孩子欺負，每次都要我挺身而出保護他。」維爾森露出一副「我是大哥」的滿足表情。

呃？原來……顧宇憂真的跟我一樣，是在孤兒院長大的！還有眼前這個維爾森也是……難怪剛才提起他家人時，會露出那種很受傷的表情。

我們都是被自己至親拋棄的孩子。

有些內疚的，我低下頭懺悔著。

眼前的男人沒察覺我的異樣，繼續滔滔不絕的說個不停。

「我們的感情就像親兄弟，他既聰明又好學，成績向來非常優異。」

「那後來你為什麼要離開孤兒院跑去美國？」重點是，你哪來的錢呀？

「剛好有人資助我過去讀書啊，去國外留學耶，這是每個人的夢想吧，所以我才會毫不猶豫的離開這裡，到陌生的國度生活。」

「有人資助啊，你真的很幸運。」我好羨慕……

「對啊，所以我才會跟阿宇分開了這麼久，算來算去有九年了吧？」維爾森一副沉浸在當年美好時光中的模樣。

「別在背後說別人的事。」

突然，我感覺身後吹起了刺骨的寒風，然後某人直接拉開旁邊的椅子坐下。

「啊，真快！」正掉入回憶漩渦的維爾森如夢初醒，馬上對甫坐下的人兒送上一個大大的擁抱，「你飆車喔？飆車很危險啊，下次別再這樣了，知道嗎？」

喂喂，你自己飆得更凶！

聳了聳肩，顧宇憂不打算解釋。

而且，他居然任由那個男人抱著他！我喝著飲料的動作瞬間僵住了，連大氣都不敢喘一口。

「喂，見到老朋友應該開心的笑不是嗎？幹嘛板著一張臉啊？」維爾森說完，還用手指戳了戳他臉頰，再一掌拍在他肩上，才悻悻然的離開他身體坐好。

這個人，非但抱了顧宇憂，還、還對他動手！

沒想到那座冰山連眉頭都沒皺一下，還不以為意的叫了飲料和吃的東西。

再一次，我又差點栽倒了。

當顧宇憂發現我瞪著他的眼珠子快要掉下來時，立刻拋來一個「你有什麼問題」的眼神。

「還沒找到住的地方嗎？」也不管我有什麼反應，他直接轉向維爾森問道。

「還沒吶，都怪那個房東啦，死都不肯減租金，而且那地方直接面向太陽，會比較熱，冷氣也得自己裝，還連個書架都沒有……」他劈里啪啦的說個沒完沒了。

這人未免太挑剔了吧？

「搬來我這吧，公寓還有一間空房，基本的家具我已經打點好了，書架的話，就暫時將就一下，等有空再去買。」

「欸？你怎麼不早說啊？早知道就不用浪費時間跟那個房東砍價了。」維爾森瞪大眼，似乎有點驚喜。

——欸你怎麼不早說啊？早知道我就能去打工賺生活費了。

「反正你也閒得很。」

「誰說的！我今天趕得要死啊！」維爾森抱怨著，「不過謝謝你啊，阿宇，你想得真周到，這樣子我也能省下租房子的錢了。」說完，還揉了他的頭髮，又笑道：「喏，這是你今早沒去機場接我的代價。」

「長期待在美國的人，連這點小事都解決不了的話，會被人笑話的。」一如既往的冷淡回答。

「臭小子，你很無情耶！」他繼續蹂躪顧宇憂的頭髮。

真擔心那座冰山會突然發難把他摔出去，不過奇怪的是，顧宇憂竟任由他為所欲為。

怪事！絕對是怪事一樁！

果然是小時候……兩人是非常要好的朋友吧？

接下來，我只能沉默的聆聽這兩個人一來一往的談話。

感覺上，顧宇憂在某程度上滿尊敬維爾森的，也許是因為對方比他年長四歲的關係吧？

沒想到一直以來帶給人獨來獨往感覺的紅眼少年，竟擁有這麼一個熱情如火的朋友。

沒錯，如果把顧宇憂形容為冰塊，那麼維爾森就是烈火。雖然烈火未必能融化顧宇憂這冰塊，但至少讓他看起來沒那麼寒氣逼人。

汗，我怎麼會想出這什麼鬼形容詞啊！

用餐時，顧宇憂和維爾森並沒有多聊自己的近況，感覺上有點奇怪。九年不見的朋友，不都是忙著交換彼此這些年來到底幹了什麼「豐功偉績」嗎？還是，這就是他們的相處模式？

離開夜市，我們一起來到停車場取車。

「元澍，跟我嗎？」拉開車門，維爾森笑嘻嘻的問我。

「不要！」不必多加考慮，我馬上拒絕。這人的飆車惡習相當嚴重，我寧願搭顧宇憂的順風車，至少非緊急狀況時，他不會隨便飆車。

「啊——救命！那邊有人死掉了！」

附近突然傳來女人的尖叫聲。一捕捉到我們這幾個人的身影，她幾乎是立刻衝上前來，兩手摀著脣瓣邊哭邊說：「我腳踏車旁邊死了人，我好怕，嗚嗚嗚……」

「說不定只是昏過去而已，快帶我們過去看看！」救人心切的維爾森握住女子的手，要她帶路，沒想到卻抓了個空。

原來她右手腕下方空無一物，換句話說，她的右手缺了手掌。

稍微愣了一下，維爾森馬上又回過神來，捉住她另一隻手，把剛才的話重複一遍：「救人要緊，快帶我們過去！」

女子沒把這個小插曲放在心上，點了點頭，立刻快步跑向九點鐘的方向。我與顧宇憂互看一眼，也跟了過去。

來到某處燈光昏暗，前方有道圍牆的地方時，女子就停了下來，不敢再趨前一步。舉起微微發顫的小手，她指向左邊一個看起來有點隱密的地方。

那邊停了一整排的腳踏車和機車。

維爾森立刻跑上前去，那個人就倒在圍牆前的一輛腳踏車旁邊，看起來一動也不動。

一般人看見有人倒地不起，不是尖叫著跑開，就是趨前推他身體看他掛了沒。但維爾森反而掏出手機打開手電筒功能，小心翼翼檢查對方的身體。

「留在這裡看著她。」顧宇憂說完，也跟著走到維爾森身旁蹲下。

點了點頭，目送他離開後，我開始跟那女子聊天，以驅走她內心的恐懼感，「沒事的，別擔心，那個戴眼鏡的是個醫生喔，另外一個也是未來的醫生，說不定那個人還有救呢。對了，妳叫什麼名字？」

「……我叫盧小佑。」吸了吸鼻子，她低著頭回答，聲音像蚊子飛過那樣小聲。

盧小佑！果然是她，那個半年前在一起搶劫事件中失去右手掌的女孩！她差點就被警方誤認為戴家連環命案的另一名女凶手。

沒想到居然會在這種情況下跟她見面。

「那個人是妳的親人嗎？」

「不是，我不認識他，也不知道他為何會倒在那邊。」她有問必答。

我又隨口掰了幾個無關痛癢的問題後，就見兩輛警車趕到了現場。

久違的嚴克奇一離開副駕駛座，第一眼就瞄到了我和盧小佑，他看起來似乎非常驚訝，滿臉疑惑的走上前來。

同時，救護車也跟著抵達，就停在警車後面。

夜市的好事之徒發現這裡出事了，紛紛在遠處駐足、八卦。要不是警方在附近牽起了警戒線，他們早就一擁而上，跑上前來問長問短了。

醫療人員從維爾森手上接過已簡單包紮過的傷患，以最快的速度把他抬上救護車。

當那張雙眼緊閉的蒼白臉龐映入我眼簾時，我差點就要尖叫起來了，那不就是……幾個小時前才跟維爾森吵過一架的房東嗎？！

「你們怎麼會在這？」嚴克奇看著走向我的顧宇憂和維爾森，似乎快被好奇心殺死了。

我還來不及回答，盧小佑又開始抽泣，邊哭邊說：「嚴警官，我見他頭部流血，而且一動也不動，因為太害怕了才會、才會……」她因戴家命案而跟嚴克奇有所接觸，所以對他並不陌生。

「妳果然是盧小佑嗎？」顧宇憂冷眼盯著這個哭哭啼啼的女生。

「你、你認識我？」她感到非常驚訝，甚至忘了哭泣。

「啊，他是顧宇憂，那個黑社會的連環命案，他也幫了很多忙，他是名偵探元漳的助理喔，現在已經獨當一面了。」嚴克奇拍了拍友人的肩膀，然後又指著我說：「這小子之前也是嫌疑人之一，而且是元漳的兒子，叫元澍，我想他不介意妳喊他小澍喔。」

這是哪門子的介紹啊！死警官。

她恍然大悟。在面對眾人的目光時，她有些自卑的想要藏起自己的右手。

「剛才我們正好在這裡吃晚飯，準備要離開時就聽見盧小佑喊著有死人，才會過來看看。」

忽略盧小佑的動作，顧宇憂漫不經心的陳述事發經過，「然後那個人……」

「死的是那個房東沒錯吧？」我有些激動的打斷他的話，可是目光卻是鎖在維爾森臉上，因為只有我跟維爾森見過那個房東。

「沒錯，是那個房東，不過你放心，只是重度昏迷，死不了。他的後腦被人用硬物擊傷，血肉模糊，雖然出血量不太嚴重，由於直接傷及腦部，也許傷者有腦震盪的跡象，短期內要醒過來恐怕有點困難。」

「房東？」嚴克奇大惑不解，眼神直勾著眼前的紅髮帥哥瞧，「你是……？」

「你好，我是維爾森，今天起在M大學執教。那個房東的事……」自我介紹之後，維爾森把自己之前跟房東有過爭執的事說出來。

「喂，你該不會是心生不滿，把他幹掉吧？」嚴克奇瞇眼看著維爾森。

「吶，我看起來像是那種記仇的人嗎？」他笑嘻嘻的反問嚴克奇。

「嚴克奇，他不可能是凶手。」吐了一口氣，顧宇憂有些無奈的說。

「哪有人會承認自己是凶手啊？」他反駁。

「除了是M大學的教授，他也是法醫，頂替劉法醫留下來的空缺。」

「那個將在下星期退休的劉醫生？你、你、你就是那個從美國速成班畢業的年輕法醫？」

從他眼神裡，我知道嚴克奇其實很想說，維爾森不但很年輕，而且還他媽的長得比他帥。

「嗯，我還兼職當教授喔。」維爾森笑得很燦爛。

張著嘴，我幾乎是說不出話來，這男人在那張笑臉下，到底隱藏著多少不為人知的實力啊？

可是，法醫就不會殺人嗎？他下午跟那個倒下的傢伙，吵得可凶了。

天知道這世上有多少知識分子或天才無法承擔壓力，患上了精神分裂症或人格扭曲症什麼的，動不動就拿刀殺人。雖然他是顧宇憂的兒時玩伴兼好友，但也不排除這個可能性吧，是吧？

這晚與顧宇憂一起離開警局時，已接近隔天凌晨一點了，睏死了！

那個名叫吳義的房東經過搶救後，傷勢與維爾森判斷的如出一轍，之後被安排在加護病房觀察中。如果短期內醒不過來，成為植物人的可能性很高。

不必儀器的輔助，維爾森能做出精準度百分之百的判斷，真教人佩服得五體投地。

「吳義身上的財物一樣也不少，看來遇劫的可能性很低。」在車上，顧宇憂繼續分析案子的情況，「而剛好發現吳義的人是盧小佑，這件事很值得懷疑，畢竟盧小佑之前牽涉到了戴家的命案。」

「那個維爾森也很值得懷疑吧？」因為這個人有殺人動機。

「不可能。」他直接否認我的問題。

「你為什麼那麼肯定？是因為他是你的好朋友嗎？」

「肯定。但我對事不對人。」

「為什麼？」你根本在包庇自己的友人嘛！

「不需要理由。」

什麼嘛，這句話真叫人大為光火。

別過頭，我不想繼續跟他吵下去。

最好那個吳義給我命大一點，趕快醒過來指責那個死同志……呃，是教授啦。

我才不相信那個看起來弱不禁風，而且還哭得稀裡嘩啦、害怕得直發抖的少女是凶手。

偏偏現場沒有留下任何證據或凶器，導致警方的調查工作受阻。

回到公寓之後，我直接洗了澡，踏出浴室欲回到房間睡覺時，顧宇憂好像還待在維爾森仍亮著燈的房裡聊天，裡面不時傳出他們低聲交談的聲音。

我已經累趴了，一吹乾頭髮，就已經迫不及待倒在床上會周公去了，誰去管他們在聊些什麼。

※…※…※…※

難得早上沒課的我，直接睡到將近十點鐘才起床，精神飽滿的感覺真好。

那兩個大忙人想必已經出發去學校了，開始忙碌的一天。

盥洗完畢，我正打算坐計程車到公園附近牽回自己的小綿羊時，卻接到了安律師的來電。

慘了，我把人家拖得太久了，他大概是等得不耐煩，才會主動聯絡我。

一接起電話，我馬上誠意十足的道歉。反正今天有空，我直接跟安律師約好等一下會到事務所見他。

不過，得先牽回我的機車才行。

問了我機車停在哪裡，安律師當下決定直接到那邊跟我會合。

安律師也是個大忙人，他的提議我照單全收，更何況還能省下油錢，何樂而不為呢？

來到玄關，某個應該已經在學校被女生團團圍住的教授，突然從外面推門而入，那個門板差點就直接打在我臉上。

快速避過突如其來的橫禍，我以極度不滿的眼神瞪他。

「啊，元澍，你早上沒課吧？我回來拿點東西，等等一起去吃中飯吧，然後我再送你去學校，阿宇今天為了迎新會的事，恐怕要忙到晚上，所以我就自告奮勇說會好好照顧你喔。」抱著我的手臂，他又巴著我不放。

「我已經成年了，不需要監護人。」真想一腳把他踹開。

「小孩子別老是急著想長大！」脫下鞋子，他拍了我的頭一下，然後飛快的跑進屋裡，邊走邊說：「別想撇下我偷偷溜出去喔。」

討厭！為什麼這些自以為是的「大人」老是把我當孩子啊？我已經成年了、已經成年了！

強壓著內心的不滿，我耐心的等候那個大叔從房裡翻出他想要的東西，然後再回到玄關穿鞋子。

抱著胸，我擺明了要他知難而退，不可一世的說：「要我陪你吃中飯也行啦，可是我這人很忙，等等還要去見一個律師，然後去牽車，如果你能夠等的話……」

「行！」沒想到他連眉頭都沒皺一下，立即答應，「剛好我下午一點半才有課，可以載你去啦，好報答你昨天陪了我好幾個小時嘛，呵呵。好啦，事不遲疑，我們馬上出發！你要見的那個律師在哪裡啊？阿宇說你這人很容易迷路，一定要看緊你呢……」挽著我的手走出門外，他又開始說個不停。

沒想到顧宇憂連這個也跟他說，我漲紅了臉。

結果，爸的遺書是拿到了，可是機車卻沒機會牽回家，因為某人說要是把機車牽回去再出來吃飯，就無法在上課前趕回學校了。

我下午一點半的那堂課，講師正好就是維爾森教授啦。

到時候，這起講師拐帶學生的大事件，一定會在學校鬧得沸沸揚揚……拜託我在系上已經夠

「出名」，不想再惹麻煩了。

就這樣，我再一次被他牽著鼻子走。

傍晚五點下課後，我終於成功擺脫那個黏人的教授，跳上了伍邵凱的野狼到外面吃晚飯去。

「喂，昨天那個彈弓還沒機會謝你。」拍拍他的背，我衷心的道謝。

「別那麼客氣啦，要不是我，那玩意兒也不會被戴欣怡當成木材劈成了一半。我聽說你那天把殘骸撿起來，一定是很珍貴的東西吧？」

這傢伙還挺細心的。

「對啊，是以前孤兒院院長送給我的。」摸了摸褲袋裡的那個彈弓，我笑了笑。

「雖然模仿得不太像，不過你將就一下啦，呵呵。」

「才不是呢，簡直無可挑剔啊，代我謝謝你同學啦。」我再次道謝。

「哈，我會轉告他的。對了，今晚的迎新活動是七點開始吧？」

「對啊。」

「有什麼好玩又特別的節目呀？」伍邵凱好奇問道。

「比較有趣的應該是夜遊和營火會吧，我們學校後面有座山，夜遊將在那邊進行，聽說會有驚喜。」這些是顧宇憂之前說的。

「鬼屋探險？」伍邵凱歪頭猜測道。

「不知道。」

「幹嘛這麼神祕啦？」

我聳了聳肩，表示不清楚。

「啊，我還聽說了一件事，你們那邊來了個很年輕的教授咧！」

「沒想到這種事居然傳到你們耳裡，看來他的出現的確造成了不小的轟動。」我語氣有點酸。

「對啊，我系上的女生一直在聊這件事，聽說他頭腦聰明又能幹，而且還是留美生，二十幾歲就當上了教授，老實說真的很了不起。更重要的是，聽說他長得很像大明星咧。」伍邵凱露出「這裡有八卦」的嘴臉。

怎麼連你也對那傢伙讚不絕口啊？

哼哼，要是知道他真性子之後，說不定就會跟我一樣對他避而遠之了。

「對了！告訴你喔，那傢伙是顧宇憂的……朋友。」原本想說兒時玩伴的，但想想還是沒必要去提及別人的私事，「現在他就住在我隔壁的房間而已。」

「咦?真的假的?!」他看起來好意外，「看來物以類聚這句話是真的，聰明的人呀，連身邊的朋友也是聰明過人的。」

「可是我懷疑那個人……」我把昨晚的事一字不漏的說出來。

「只是巧合而已吧?若要說嫌疑最大的，我會選盧小佑。」伍邵凱也開始猜測起凶手是誰。

「你怎麼跟顧宇憂想的一樣啦?」會去懷疑一個少了一隻手掌，看起來連縛雞之力都沒有的女生幹這種事的人，都是少一根筋的。

好像全世界都在跟我作對似的，我頓感氣餒不已。

「好啦，別去管誰打傷誰了，今天是特地為我們大一生舉辦的迎新會，拜託你開心一點啦，不然等一下所有女生都不敢親近你咧!到時候啊，別埋怨說自己又認識不到漂亮的女生。」

也對，為何我要一直煩惱那些跟自己無關的事情?

點了點頭，我換了個心情跟伍邵凱一起吃了頓美味的晚飯，再折返學校參加迎新會。

※ … ※ … ※ … ※

校園內的停車場擠滿了黑壓壓的人頭，除了大一的新生，很多學長學姊也參與了這次的迎新會，好協助大一新生早日習慣這裡的環境與生活。

來到了集合地點，我們才從學長學姊手中領取了節目表。

很一般的大學迎新節目，就跳跳舞、玩些小遊戲、夜遊和營火會，是沒什麼特別啦，不過這裡有很多漂亮的女生耶，看得我捨不得眨眼睛。

迎新會以團體舞蹈拉開序幕，我沒去留意那舞蹈的名堂，但只有簡單的幾個動作，一點也難不倒我，什麼拍拍手、拉拉手又轉圈圈什麼的，而且男女各圍成一個圈，男在外、女在內，一直隨著音樂起舞和重複那幾個動作。

一套簡單的動作完成後，就會交換舞伴。於是，跳完一支長達十五分鐘的舞蹈，我幾乎把所有女生的手都摸遍了。

難以置信的是，盧小佑也是大一的新生，基於某些理由，她下禮拜一才開始上課。

在舞蹈中碰到時，她也感到非常意外，話不多的她一直低著頭，不敢對上我的眼睛。

另外，沒想到那個維爾森也跑來湊熱鬧，他一出現，周圍女生的目光早就被他吸光了，而且跳舞時他還特地擠在我旁邊，啊，真氣人！

顧宇憂是活動組組長，只是站在一旁打點活動的瑣事，沒直接參與各個節目。

幾場遊戲下來，周圍的氣氛開始熟稔起來，然後再分成幾個小組，在學長學姊的帶領下，沿著已安排好的路線到學校的後山夜遊探險。

碰巧我跟伍邵凱和盧小佑同組，而且帶領我們這一組的，是安永煥和另一個學姊丘靜宜。丘靜宜就是伍邵凱的直屬學姊。

那座山不算太高，而且上山的路鋪了石子，旁邊還有幾條被人踩出來的小路。

四周都被野草佔據了，偶爾有大樹映入眼簾。

不過放眼望去，山頂那邊好像有棵高聳入雲的傘型大樹，應該是棵有點年紀的老樹，相當引人矚目。

「那棵樹看起來很壯觀！」連伍邵凱也發現到了。

「喔，那棵樹長在懸崖旁邊，沒事最好別去那邊，很危險。」安永煥咧著笑解釋，「那是一棵百年老樹，偶爾會有不怕死的人去那邊許願。」

「許願？」

「對啊，不過準不準我不知道啦。有人流傳說，年齡過百的樹通常都會附著樹妖或精靈，如果他們聽見你的願望，說不定會替你實現呢。」

「這種事，只有女生才會相信吧？」伍邵凱意興闌珊的笑了笑，不再發問。

不過，我好像看見一直盯著那棵百年老樹的盧小佑，眼裡閃爍著璀璨的光芒。

說不定，她相信了那個傳說吧。

甩了甩頭，我不疑有他，繼續往前走。

一邊爬山，我們也開始天南地北聊了起來，唯獨盧小佑只是安靜的聆聽我們的談話，偶爾露出淡淡的微笑。

盧小佑是個含蓄內向的女生，短髮造型，前面的斜瀏海很適合她的瓜子臉。她沒有染髮，一看就知道是個乖乖牌女生。

她的耳環和項鍊都是十字架，純銀的。

不管走路或跟別人說話時，她老是低著頭顱。她說話時不敢直視別人的眼睛，不然一定會看見她臉紅的樣子。

我猜想，她一定是介意自己身上的缺陷，才會在身體健全的人們面前感到自卑吧。

不知不覺，我開始同情起她的處境，盡量找話題跟她聊，不讓她感覺自己被冷落或輕視。

我們一行人好不容易來到山頂，站在這裡，可直接眺望這座都市的部分夜景。燈火通明的街道、五光十色的摩天大樓、整齊有序的道路或大道，全都被我們踩在腳下。

沒想到這裡的夜景真的好漂亮！看了會令人心情變好。

難道……這就是顧宇憂所謂的驚喜嗎？

許多人上山之後，再也捨不得離開這裡，紛紛席地而坐，面向繽紛絢麗的夜景聊天。

「反正時間還早得很，我們也坐下來聊聊吧。」安永煥也招呼我們坐下。

「對了，那個戴欣怡真的好可惜啊，原來她有黑社會背景，而且為了逃婚不惜殺死自己的父親和哥哥。」一坐下，他就湊近我小聲的說。

要不是那起連環凶殺案，想必戴欣怡學姊今晚會跟我們一塊兒夜遊或聊天吧？

「嗯。」我點點頭，心情有點悶，不願多談。

他還想問些什麼，眼前突然湧來一群女生，看樣子應該是大一的新生吧？說不定大二或大三的也有。

她們竟上前來找我聊天，問了一些私人的事，又跟我要了手機號碼，害我受寵若驚。

一旁的伍邵凱笑說我的好運開始降臨了。

對啊，好運。在A市倒楣了這麼久，幸運之神大概發現自己忽略了我，才想說給點補償什麼的吧。

帶著含蓄的笑容，我一一滿足她們的要求。

「喂，元澍，沒想到你滿受女生歡迎咧。」安永煥也替我感到高興，還幫忙觀察哪個女生比較適合我，真是熱心過頭了。

尷尬的抓抓頭，我笑得合不攏嘴。

後來因為人有三急，匆匆向安永煥問了最鄰近的廁所後，我轉身飛快的跑下山。小解完，準備回到山頂途中，還遇到了正要上山的顧宇憂。

「幹嘛一個人亂跑？」

「人有三急啊。」我面帶無辜的說。

「晚上一個人亂跑很容易迷路，別隨便掉隊，趕快回去安永煥那邊。」說完，他抱著一本簿子上山去了。

「知道了啦。」癟了癟嘴，才正要邁開腳步跟上他的步伐，身後卻傳來了一道甜美的聲音。

我和顧宇憂雙雙回過頭去。

「學姊？」原來是丘靜宜學姊。

「我擔心你迷路了，所以特地跑下來找你。」見我安然無恙，她鬆了一口氣，笑著說。

「那元澍就拜託妳了。」顧宇憂說完，就逕自離開了。

「抱歉啊，要麻煩學姊來找我。」我有點不好意思了。

學姊個子不高，嬌小玲瓏的很可愛。她把短髮盤成一粒髮包，加上前面剪著齊瀏海，整個看上去就是很順眼。

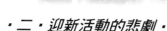

「沒關係，這是我身為學姊的職責呀。」

她笑起來真的很好看。

「那我們趕快回去吧。」說不定伍邵凱也開始懷疑我是不是掉進馬桶被沖走了。

我立刻朝向顧宇憂離開的方向走去。

沒辦法，誰叫我剛剛花了很多時間找廁所，路痴嘛，差點就想隨便找個隱密的地方來解決了。也幸好我還抱有廉恥之心，不然被顧宇憂撞到可能還沒那麼尷尬，要是被學姊看到就……

「等一等，元澍學弟。」丘靜宜學姊突然從後面叫住我。「那個……」她突然結結巴巴起來，然後有些靦腆的摸摸頭，不敢直視我的臉。

「怎麼了？」好奇的轉過頭，我來到她身邊，不以為意的開玩笑：「是不是跑累了？我可以背學姊上去喔。」

「才、才沒有啦！」她整張小臉漲得通紅，「呃，我只是……」她有些不知所措，把手伸進外套的口袋裡，好像在找東西。

「只是什麼？」我好奇得不得了。

「那個……請你收下這個！」她突然遞來一個小信封，粉粉的看起來很可愛。

如果我沒看錯，是那種女生每次告白時會用的信封吧？

「這是……」我當場僵住了。

「元澍學弟！我喜歡你！請你答應跟我交往！」她低下頭瞪著自己的鞋子。此時此刻，她的小臉一定很紅很紅，看起來像紅番茄那樣可口吧？

呃，偶像劇的情節不都是這樣演的嗎？

不過我也好不到哪裡去，連耳根子都熱得快要燒了起來。

拜託，活了十八年，這是我第一次被女生告白咧！

我心裡感到非常雀躍，又有點措手不及，不知道該怎麼回應她。我是不討厭她啦，不過要立刻回答似乎又難倒了我。

「你可以不必馬上答覆我的，你先考慮幾天，等你有答案了，再打電話告訴我，呃，要不然傳簡訊或電郵也可以的，我、我有留下自己的手機號碼和電子信箱。」她有些緊張的補充。

「呃，好、好啦，我過幾天再回覆學姊好了。」尷尬死了，如果能這樣結束這話題當然是最好不過啦，接下來我一定要趕快告訴伍邵凱這個好消息，死都要他教我如何回應女生的告白！

呃，不曉得要不要買束花來作為回禮呢？

「渾蛋！給我滾遠一點啦！我才不是同志！」遠處突然傳來伍邵凱的咆哮聲。

「發生了什麼事？」突如其來的聲音，也嚇壞了學姊。

「我也不知道。」說完，我馬上拔腿奔回山頂，還不忘回頭叮嚀身後的學姊，「要跟緊我喔。」

一來到山頂，我看見伍邵凱拽著某個男生的胳膊，把他重重的摔在地上。

「伍邵凱！」好好的怎麼跟別人打了起來啊？我馬上來到他身邊拉住他，「別打架啊！」

沒被摔下山崖，那傢伙應該感到很慶幸才對，沒事幹嘛跑去招惹伍邵凱啊？

剛剛跑上前來勸架的安永煥，也連忙扶起倒在地上呻吟的那個人。

「看到了吧？我是如假包換的男生！幹你眼睛長屎啊？我哪裡像女生了？！」他還想衝上前去踹人。

帶著恐懼的表情，那男生在安永煥的攙扶下爬起身，一丟下道歉的話，馬上頭也不回的跑遠了。

旁邊圍觀的同學眼見沒戲唱了，也紛紛作鳥獸散，臨走前還摀著嘴像在偷笑。

伍邵凱甩開我的手，氣沖沖的整理身上的衣物。

「幹嘛突然發這麼大脾氣啊？」這人很少生氣，但一發起飆很可能會鬧出人命，特別是被人誤認為女生的時候。

氣。

「你試試看被男生告白啊！我看你會直接把人踹下山崖吧？」他的語氣很衝，顯然還沒消氣。

「有男生跟你告白？！」愣了一下，然後我就抱著肚子大笑起來，「哈哈哈哈……有男人向伍邵凱告白，啊哈哈哈……」差點就要倒在地上打滾了。

沒想到居然真的有人把這個美型男生誤認為女生，還告白咧！哈哈哈哈，這是我有生以來聽過的最好笑的笑話，哈哈哈哈……

「死元澍！你再給我笑看看！」他紅著臉，窘迫的指著我跳腳，那模樣看起來真的有點像女生，我笑得更大聲了。

「沒良心！沒義氣！」他踹了我屁股一腳，氣得跑開了。

「喂……」好想追過去，可是肚子好痛，「伍邵凱！別生氣啦！開玩笑而已啊！」摀著笑痛的肚子，我踉蹌著腳步追上前去。

可是那小子實在跑得太快了，沒兩下子已消失於夜色之中。

回過神時，我發現自己已經迷路了！

喂！這座山到底有多大啊？

心急如焚的我像隻無頭蒼蠅般亂跑亂竄，不停的跟野草奮戰。彷彿過了一個世紀這麼久，才想起可以打電話找人來救命。

誰知道，手機卻完全沒有訊號！

抱著頭，我急如熱鍋上的螞蟻。

「啊——啊——」

已經夠倒楣的我，好像聽見遠方傳來了女人淒厲的叫聲。

女鬼？竟在山上迷路時遇到女鬼……誰能告訴我，還有誰比我更倒楣的啊？

很好，女鬼。

我搓了搓手臂上的雞皮疙瘩，是錯覺嗎？周圍好像颳起了冷颼颼的涼風。

不一會兒，令人毛骨悚然的叫聲又響起了。

「救命！救命啊——誰能來救救我啊？」

咦？不是女鬼！女鬼哪會大叫救命的啊？說不定是有人遇到危險了！

我立刻沿著聲音來處跑去，求救聲也逐漸變清晰了。

來到地勢驚險、呈四十五度傾斜的懸崖邊緣，我發現有個女生拚命攀著邊緣上的爬藤植物，

整個身體就這樣掛在懸崖外，只要一鬆開手，整個人就會摔下山腳。

「元澍學弟！請救救我……」

「學、學姊?!」沒想到眼前那個命懸一線的女生，是半個小時前才向我告白的丘靜宜學姊！

「學姊妳一定要撐著！我馬上就來！」我吼道。

眼前斜坡的地勢驚險萬分，要是一個不小心，就會像學姊那樣直接滾到了懸崖邊緣，再掉下去。我小心翼翼的靠近，好不容易來到學姊面前，她已經淚流滿面，臉上被恐懼和害怕的神情淹沒了。

「元澍學弟！快救救我！嗚……」

「學姊！快把手給我！」我整個人趴在懸崖邊緣，朝她伸出手。

在學姊的配合下，我總算有驚無險的抓住她的雙手，然後開始使力，想要把她拉上來。但她手上不知沾了什麼液體，很滑，差點就抓不住了。

我清楚知道，只要一鬆開手，她就會沒命，因此我拚了命的抓緊她，而且一直叮嚀她不管發生什麼事，都別放開我的手。

摔下去的話，肯定粉身碎骨。

用力一拉，我成功把她拉近我胸前，說真的，我對自己的臂力滿自豪的。

「學姊，快抓住我的衣服！放心，我會拉著妳的。」

在我的保證下，她稍微鬆開一隻手，然後用力抓住我的上衣。握緊她那隻手，我使盡小時候喝奶的力氣用力一拉，她總算脫離了險境，跟我一起倒在懸崖邊猛喘氣。

好險！學姊差點就沒命了。

「吼——吼——」

突然，耳邊傳來了野獸的吼叫聲，取代我們激烈跳動的心跳聲。猛地回過頭，不遠處好像有隻野獸在黑暗中盯著我們。但四周實在太暗了，牠到底是野狗還是獅子、老虎，根本就看不清楚。

不過能肯定一點的是，牠身體向前傾斜，一副隨時準備撲上前來攻擊我的樣子。

「喂，狗大哥，不幫忙就算了，千萬別在這時候給我添麻煩啊，人命關天，我可沒空陪你玩啦！」我有些心急的朝牠喊話。

「元澍學弟！那是什麼？」驚魂未定的學姊整個人跳了起來，巴不得馬上拔腿逃走。

「別慌張，我找找看有沒有什麼東西可以趕走牠。」應付動物可不是我的強項，正想隨手撿起石頭用彈弓對付牠時，牠卻一步一步逼近我們。

「學弟！牠在靠近我們！」學姊整個人慌了，不停的往後倒退。

「學姊！」當我發現她已經無路可退的同時，她尖叫一聲，再次摔了下去。

「不——」撲上前去，我連她一根手指都抓不到，只能目瞪口呆的看著她發出淒厲的尖叫，然後身體像是斷線風箏般，消失於黑暗的懸崖下。接著，一連串像是人體撞擊硬物的悶聲隨之響起。

而已來不及止住去勢的我，整個人也跟著跌出去。

慘了，沒想到我竟跟傾心於我的學姊一起葬身此地……而那隻死野獸還張口想要咬我屁股！

「幹！別咬那邊啊渾蛋！」

說時遲那時快，一道黑影急速奔上前來，再來就是類似木棍的影子一閃，那隻野獸馬上發出淒厲的嗚咽聲，整個騰空飛起，再掉在不遠處的草地上。

牠驚嚇般的跳起身，馬上頭也不回的逃離這裡。

同時，我感覺其中一條腿被人抓住了。

「小鬼！你在那邊幹什麼？要看風景也別趴在這麼危險的地方啊！」維爾森有些吃力的揶揄我。

「快把我拉上去啊！」我整個人以倒栽蔥的方式掛在峭壁上，那個死傢伙還在說風涼話。可以的話，我很想送他兩腳，讓他也掛在這裡試試看。

「阿宇，快來幫忙啊，這小子看起來沒幾兩肉，可是很重啊！啊，可能是他抓住另一個人的關係！」

下一秒，我感覺另一條腿也被人抓住了，然後很快就被人拉了上去。

「喂，剛剛我聽見有女人的聲音，你沒拉住她嗎？」見我兩手空無一物，維爾森勃然變色。

顧宇憂也微微一怔，跟著問：「到底發生了什麼事？」

「學、學姊掉下去了……」如夢初醒的我馬上把丘靜宜學姊墜崖的事全盤托出。

顧宇憂扶起跌坐於地的我，轉向某教授說：「馬上通知校方！」

「好！」維爾森應了一聲，立刻往回跑。

「站得起來嗎？我先帶你回去。」顧宇憂難得露出憂心忡忡的表情來。

「是我、是我……都怪我沒把她抓住……」小聲的自責，我頓感難過不已，腦海裡全是學姊墜落時的畫面。

「這裡很危險，有什麼回去再說。」拉起我手臂掛在肩頭上，他把我帶回剛才的山頂。

·第三章·

萌芽的友情

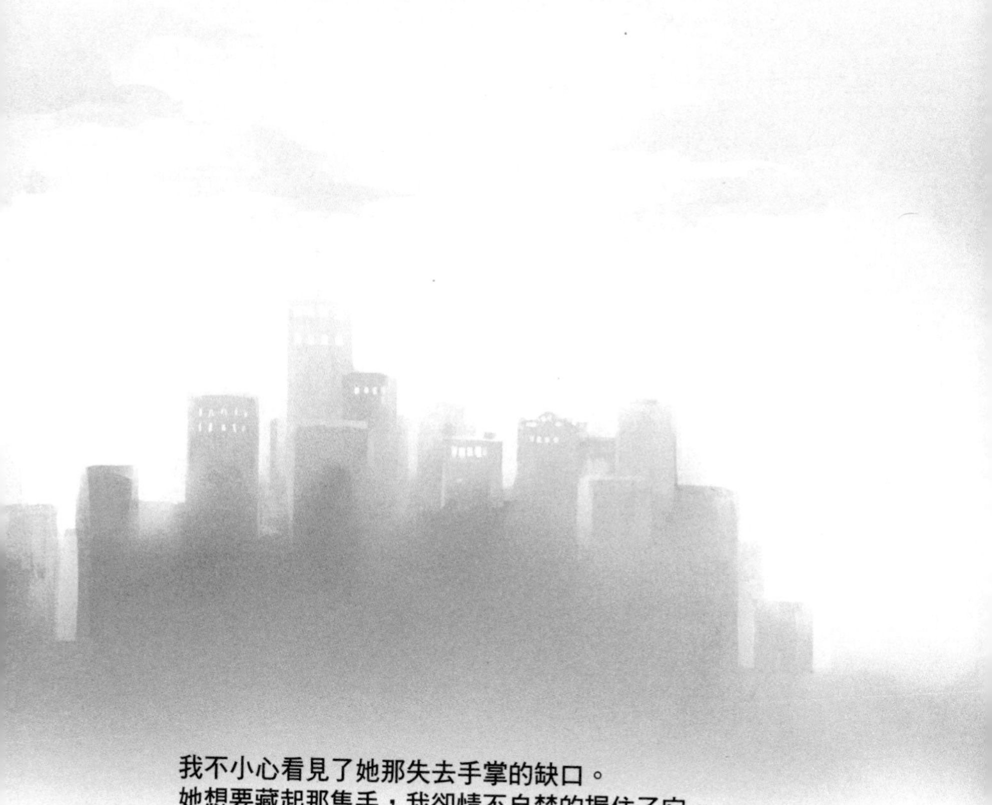

我不小心看見了她那失去手掌的缺口。
她想要藏起那隻手，我卻情不自禁的握住了它。

「學姊死掉了……是我沒抓住她……一脫離險境，我應該馬上帶她離開的……」呆呆的坐在顧宇憂的車子後座，我仍在自言自語。

雖然已經用洗手液把手上的血跡清洗乾淨，可是殘留於指縫間的血腥味仍在刺激我的感官，胸襟前的布料，也被丘靜宜學姊抓出了幾個血手印。

之前她在抓住藤蔓保命時因用力過度，導致手心被磨破，流了很多血。

「元澍，不是你的錯，拜託你別再自責了。」一旁的伍邵凱好言安慰。

在發現學姊出事之後，他就一直待在我身邊陪著我。

「屍首在距離八百公尺的山腳找到，身體有多處骨折和擦傷，內臟破裂，死因是從高處墜下而死。不過，身上也有多處被野草割傷的小傷口，大概是滾落斜坡時造成的。」維爾森的聲音由遠至近。

抬起頭，我看見他旁邊還跟著顧宇憂和嚴克奇，他們三人駐足於一棵樹下，在討論著這起意外。

「根據現場的痕跡來推斷，她應該是誤闖斜坡，不小心滾到了懸崖邊，由於雙手攀著邊緣的藤蔓，沒有立刻摔下去。」

「但是，她跑去那邊幹什麼？」嚴克奇狐疑。

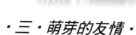

「同系的安永煥說，丘靜宜發現元澍不知所蹤後，因擔心他遇到危險，才會跑出去找人，沒想到……」說到這，顧宇憂不經易的瞄了我一眼，另外兩人也把視線轉過來。

我頓感晴天霹靂，學姊是因為跑出來找我才出事的？

「元澍，只是一場意外而已！」同樣聽見他們談話的伍邵凱大概擔心我會做出什麼奇怪的事，立刻按住我肩膀。

我連反抗的力氣都被抽走了，只覺得頭好暈，思緒亂糟糟的。

「伍邵凱，拜託你先送元澍回去休息，我這裡還有一些善後的工作要做。」顧宇憂上前來，拍了拍伍邵凱的肩，「回去讓他洗個熱水澡，再喝杯溫牛奶。可以的話，也麻煩你留下來陪著他。」

點點頭，伍邵凱一口答應了，「放心，包在我身上。」

「謝謝。」鄭重的道謝後，顧宇憂又回到了維爾森身邊。

像個傀儡般，我任由伍邵凱帶我坐上野狼，再戴上安全帽。

沒想到好好的迎新活動突然傳出了意外，令我們大一的生涯蒙上了一層灰，而且事情還是因我而起。我應該向大家說聲抱歉，應該向丘靜宜學姊道歉……沒錯！我還欠她一句對不起，怎能連她最後一面都沒見著，就這樣一走了之呢？

在伍邵凱發動機車的同時，我滑下了座椅，拿下安全帽，塞回他手裡，「你等我一下！」

「喂，你要去哪裡？」有些錯愕的抱緊安全帽，他大惑不解的瞪著我，但我已一溜煙跑回顧宇憂等人剛才談話的地方。

可是，他們早已經不在那邊了。

丘靜宜學姊的屍體到底會放在哪裡？

我有些焦慮的東張西望，終於找到了蹲在停車場某個隱蔽角落的顧宇憂。我只能看見他的側臉，那隻紅色眼瞳正專注的盯著地面瞧。

周圍沒什麼人，我很快就來到距離他十步之遙的地方。正想開口詢問學姊的屍體被擺在哪邊時，我發現維爾森也背對著我，半蹲於顧宇憂旁邊。停下腳步，我把目光移向他們腳下，赫然發現那是一具上半身血肉模糊的屍體，凌亂的頭髮隨意散落於地面上。

那是……學姊的遺體沒錯吧？維爾森正把裹著學姊的黑色袋子掀起來，才會露出她上半身。

然後，我發現顧宇憂眼眸專注的凝望著學姊，那眼神宛如一把利刃般銳利。

似曾相識的感覺……腦袋好像出現了一道裂痕，有些畫面從那道裂痕裡流洩出來。好奇怪的感覺，也令我異常的不安。

打消繼續向前走的念頭，我隨即掉頭回到伍邵凱身邊。

「喂，你剛才跑去哪裡啦？臉色怎麼這麼難看？」他一臉憂色的看著我。

疲憊的搖了搖頭，我示意他別再問了。

「那我們回家囉。」重新發動機車，他把安全帽塞回我手中。

點點頭，我戴上安全帽，扣好。

野狼又開始發出咆哮聲，眨眼間已衝出了校園。

※……※……※……※

豔陽高掛的午後。

不知為何，我坐在一輛熟悉的警車裡，旁邊有兩名警察一直在跟我說話，還問我是不是高中生咧。

咦？這情景……不就是戴亞金屍體被發現，也就是我被懷疑為凶手，然後遭嚴克奇拎上警車的那一天嗎？

奇怪，時間倒流了嗎？

東張西望，我看見某個角落有道熟悉的身影，那隻血紅色的眼睛正專注盯著某輛車子後方的黑色塑膠袋。塑膠袋上方突然冒出了一些奇怪的白煙，雖然很淡，但我看得非常清楚。

對於眼前的這畫面，我一點也不感到震驚，彷彿……我曾經見過類似的景象。

「那是什麼？」指了指顧宇憂的方向，我問。

「那是黑車喔，專門用來運送屍體的車子。」

「對啊，那個死掉的傢伙就在上面而已喔，看到了嗎？那個黑色的袋子。」

戴亞金的身體……飄出了白煙嗎？

把目光轉回顧宇憂的方向，冉冉升起的白煙像是受到指引般，全飄向顧宇憂的額間，然後……消失了……

「嚇？！」

一睜開眼睛，感覺胸口被什麼壓著似的，差點就要窒息了。

隨手抓起那「東西」湊近眼前，居然是……腳板？！而且這腳板好小、好小，跟女生的沒兩樣……嚇！女生的腳？！

「啊——啊——」甩開那隻不知打哪來的腳板，我大叫著跳起身。

我是很想交女朋友沒錯，但我可沒要「濫交」女人，更不是誰都可以上床的那種啊。

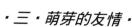

「哎喲……好痛！幹嘛踢人家下床啦……」

咦？是伍邵凱的聲音？

我驚魂未定的看向床下那個掙扎著想要爬起身的瘦小身體，只見他揉著凌亂的頭髮……不，好像在揉著額頭，還露出痛苦和有些搞不懂狀況的表情來。

「你、你、你怎會出現在我床上啊！」迅速打量周圍的擺設，這是我房間沒錯啊。

我立刻抱著胸，充滿警惕的瞪著床下那個傢伙。

「我昨晚見你整個人像是丟了魂似的，才想說好心留下來陪你，況且顧宇憂也沒反對啊。」差不多已完全清醒的他，還在揉著額頭，一邊跳起身破口大罵：「誰叫你的床這麼小，睡到我腰痠背痛就算了，還七早八早被人踹下來！幹！我額頭都腫了啦！」

他放下手，左邊的額頭果然瘀青了，看起來好像真的很痛。

「對、對不起啦。」我心虛的道歉，然後跌坐回床上碎碎唸：「誰叫你的腳這麼小啊，我還以為是哪個女生自動送上門來，嚇死我了。你呀，身高體重像個女生就算了，連腳板也比別人小了幾號……」

「你說誰是女生啊？！」他直接在我頭頂轟了一拳，「我是如假包換的男人啦！你幹嘛跟那些有眼無珠的變態學長一樣啊？」

瞪著突然發脾氣的他，我差點忘了他很在意別人把他當女生看。

也對啦，被別人說可愛，我也很氣憤很沮喪，所以我能了解伍邵凱現在的心情。他不但被我誤認成女生，還被踹下床，能有好心情才有鬼呢。

「對不起啦！以後我再也不會說這種話了。」自知理虧的我連忙堆著笑臉道歉。

「哼，你最好說到做到！」癟了癟嘴，雖然他看起來仍有點氣，卻也沒再發我脾氣了。

我晃了晃腦袋，想起今天是星期六。

平時週末時間，我們都會一起去便利商店打工，可是，現在幾點了？

「啊——」前面的美少年突然抱著頭慘叫一聲，在房裡轉圈圈，「打工遲到了啦！」

接下來，我也差點要尖叫起來了，而伍邵凱一邊抓了抓那頭亂到不行的髮絲，一邊抄起掛在椅子上的背包，轉眼間已打開房門跑向玄關了。

「喂呀！等等我啦！」沒義氣的傢伙！

「昨天發生了那種事，你就請假一天休息啦，我會跟老闆說一聲的，我走了！」說完，不等我回答，他已經拉開大門溜之大吉。

「喂！我也要打工啦……」面對著深褐色的門板，我才想起昨晚那個剛剛向我告白的學姊丘靜宜已經墜崖身亡，而且是間接被我害死的。

一顆心頓時直沉海底，連呼吸也變沉重了。

「對了，情書……」學姊不但向我告白，還寫了封情書給我。

拿起同樣擱在椅子上的背包，我馬上從裡面抓出兩封信封。一封是粉色的小信封，裡面裝著學姊寫給我的情書；另一封是淺褐色的公文袋，裡面是安律師替我申請取回的遺書，也就是警方在我爸自殺現場找到的遺書。

把學姊的情書擺在書桌左邊的角落，我並不打算打開它。

丘靜宜學姊已經不在了，這封情意綿綿的情書對我而言，再也沒有任何意義了，看了只會令我觸「物」生情，然後獨自傷心難過或感到惋惜而已。

嗚……我好像真的沒什麼異性緣，認識的美女不是殺人的就是被殺。

雖然學姊表面上是意外身亡，但實際上是被那頭野獸「殺」死的吧？

至於爸的那封遺書，應該是類似「對世界感到絕望」這種散發著負面或絕望因子的話吧？看了又能怎樣，爸也不會死而復活，反倒令我心情更加低落罷了。

因此，這兩封一大一小的信封，就讓它們原封不動的擺在那個角落，等著被灰塵淹沒。等哪天心情變好時，說不定我會打開它們吧？但絕對不是現在。

唉，反正今天也提不起勁打工，就索性接受伍邵凱的好意，乖乖待在家靜養好了。

拿了毛巾，我到浴室淋浴後，不經易瞥見餐桌上有個裹著透明保鮮膜的盤子，裡面……居然有好多好多的壽司耶！

咦咦？該不是伍邵凱昨晚趁我睡著時，偷偷溜出去買的吧？

下半身只裹著一條毛巾，露出健碩的上半身，而且頭髮還在滴著水的我禁不起壽司的誘惑，很快的拉開椅子，直接坐下來準備大快朵頤時，發現盤子底下壓了一張字條。

「早餐，冰箱有新鮮的柳丁汁——顧宇憂」

欸？是顧宇憂為我準備的早餐？！而且看起來是兩人份的，沒想到他連伍邵凱也算進去了，我感到受寵若驚。

對了，說到顧宇憂……早上驚醒前，我做了一個與他有關的夢。

戴亞金的屍體……白煙……他那過於專注而變得銳利的目光，與昨晚盯著丘靜宜學姊的屍體時如出一轍……戴亞金屍體冒出白煙的那一幕，似乎曾在我的「過去」出現過，但為何腦袋的記憶體裡，卻完全找不到這個畫面呢？

這件事，令我不禁想起之前中槍的夢境，那種宛如身歷其境且觸感鮮明的經歷，難道真的只是南柯一夢？

不過，昨晚學姊的屍體沒冒出什麼奇怪的白煙吧？

唉，好奇怪的夢。

「咕嚕——」一回過神來，肚子已開始發出抗議聲了。

直接拆了保鮮膜，我開始把盤子裡的壽司往嘴裡塞。

「抱歉啊伍邵凱，誰叫你跑那麼快，所以我連你的分也一起吃了……」

好好吃啊，跟那次顧宇憂包的味道一模一樣，不過這次沒人跟我搶，這些壽司全是我的，哈哈哈！喜不自勝的我，只差沒把壽司抱在懷裡狂笑。

「咯啦——」

玄關突然傳來門鎖轉動的聲音，下一秒，大門已被某人推開。

「顧、顧宇憂！」差點被壽司噎到！

「才醒？」

他關上門，目光在我身上掃了一眼，然後他把一大串鑰匙和背包放在餐桌上，走進廚房裡打開冰箱，拿出一個裡面盛著橙色液體的玻璃器皿。他又隨手拿來兩個玻璃杯，把裡面的液體倒進杯子，我立刻聞到了柳丁的鮮甜味。

是字條上寫的柳丁汁吧？看起來好像是現榨的，這男人大概是空閒過頭了。

把其中一個杯子放在我面前，他拿起另一杯一飲而盡。

「食欲看起來很不錯，沒事了吧？」瞥了一眼所剩無幾的壽司，他像隻貓咪般踩著輕盈的步伐走到廚房洗杯子。

「喂，我看起來像是那種心靈脆弱的人嗎？」即使難過自責，也絕對不能讓他知道，否則一定會被他笑話。說話時，我還故意抬頭挺胸，證明我真的沒事。

此外，我不經意瞄見桌上的那串鑰匙裡，有一支鑰匙看起來跟其他的很不一樣。

對了，我曾經見過顧宇憂用這支鑰匙打開老爸那棟房子的信箱，從裡面拿出委託信。

啊，差點忘了有委託信這回事。自從爸死了以後，偵探社的委託信都由他處理。我好像沒問過那是什麼樣的委託信，也從沒看過裡面的內容吧？

雖然感到很好奇，但他好像說過到了適當的時候，會把偵探社的運作方式告訴我。可是，所謂的「適當時候」到底是什麼時候啊？

唉，算了，反正我現在也沒心情去管這些事。

「是嗎？不去打工，連衣服都沒穿，我以為你還沒能接受丘靜宜墜崖的打擊。」從廚房裡走出來，他用充滿審視的目光看著我，「不過，現在能把它解讀成你已經習慣讓別人看你裸體了吧？」

欸？我石化了約三秒鐘。再低頭看著那條遮蔽著重要部位的毛巾時，立刻尖叫著衝進房裡。

變態！顧宇憂是個變態！他剛才在色迷迷的「非禮」我身體吧？！

「叩叩！」

惱人的敲門聲繼續刺激著我激動的情緒。

「幹嘛？我在穿衣服啊！」我剛才以為沒人在家才會那樣隨便，誰知道你會突然跑回家啊！

「伍邵凱已經回去了吧？」房外傳來某人充滿疑問的聲音。

「你這變態到底在想些什麼啦？已經回去了啦！」你懷疑我跟伍邵凱在房裡亂搞嗎？幹，告訴你多少次了，我不是同志！不是同志！

「沒什麼，見你這麼有精神，我就放心了。今天你就留在家裡休息吧，肚子餓了就去夜市解決或找伍邵凱陪你吃，我晚上才回來。」他的聲音裡毫無情緒。

「知道了啦！」隨口敷衍他，我立刻打開衣櫃找衣服，免得他突然撞開門闖進來，繼續用眼神非禮我。

不過，我才翻出了衣服，玄關就傳來了開門與關門的聲響。

「出去了？」他到底回來幹嘛？果然是個怪人。

穿好衣服，從門板後探出了頭，確定顧宇憂已經離開後，我才回到飯廳把剩下的壽司吃完，再把柳丁汁喝個見底。

老實說，一個人待在家，面對著四面冷冰冰的牆壁，更容易胡思亂想吧？

想罷，我決定冒著被太陽烤焦的風險，到樓下附近走走。

離開公寓，走在人行道上時，一輛跟我的小綿羊相同款式的機車從我眼前呼嘯而過。

這時候，我才想起自己的小綿羊還在露宿街頭。反正現在閒著也是閒著，索性去把它騎回來好了。要它待在那邊承受風吹日曬雨淋，我也著實過意不去。再說呀，那可是我用辛苦存來的血汗錢，買給自己的第一輛機車，而且還是全新的咧。

於是，我直接攔了輛計程車，很快就來到了那座熟悉的公園，也順利找到了小綿羊。

「真是委屈了你呀。」我內疚的拍了拍座椅，從褲袋裡掏出鑰匙發動它。

我騎著小綿羊，打算沿著公園邊緣的馬路，去看看上次發生交通事故的地方。

「兜兜風，說不定心情會變好。」剛才被顧宇憂落井下石，我的心情鬱悶得可以，反正迷路的話只須打電話向伍邵凱求助就好。

這麼想著的同時，我開始催動油門。

正準備開始我那驚險刺激的探險之旅時，卻無意間看見靠近路邊的某個角落，有個熟悉的身影正坐在某棵樹下的一張長椅上。

「盧小佑？」

她手上捧著書本，正在聚精會神的閱讀。

居然大熱天坐在公園的樹下看書，A市還真是個出產怪人的地方啊。

聽見機車的引擎聲響時，她也正好抬起頭看向我。

「咦？你是元澍？」她有些不肯定的打量我。

「對啊，是我。」既然被發現了，我連忙拿下安全帽跟她打招呼，「一個人嗎？」

「嗯，一個人待在家很無聊，就來公園看書了。我就住在這附近而已。」說話時，她指了指右前方三點鐘的方向。

「你呢？」盧小佑有些猶豫的問我。

她說話時還是帶著靦腆的微笑，但很有禮貌。

「啊，我是來牽機車的。」熄了引擎，我停好車，來到她旁邊的空位坐下，把那天迷路的事告訴了她。

「原來你來自南部。」笑了笑，她繼續說：「這也難怪，只要常常出來兜兜風，很快就會習慣了。這裡的馬路的確有點複雜，畢竟是大都市。」

我不敢告訴她，我連在南部那種小地方都會迷路……如果說了，我很難想像她會露出什麼樣的表情。

我有點尷尬的搔搔頭，不曉得該如何接話。她也突然變安靜了，眼前的氣氛開始出現冷場。

我們彼此沉默了將近一分鐘，反而是盧小佑率先打破眼前的尷尬氣氛，有些沉重的說：「對了，那個丘學姊的事，我聽安學長說了。」

安學長，就是安永煥吧？

「學姊是因為去找你才出事的。」她越說越小聲。

「啊，嗯……」如果可以選擇性失憶，丟棄昨晚那慘痛的記憶，該有多好？

她也認為是我害死學姊的吧？唉，我開始想像星期一回到學校時，那種受到千夫所指的畫面有多可怕、被孤立的感覺有多無助。

「有很多事都是冥冥中已經安排好的，無論在西方或東方的觀念中，人類都無法逃離已註定好的死亡。即使丘學姊沒在那起意外中喪生，但或許會遇上另一場事故然後失去性命也說不定。所以我想說的是，別把丘學姊意外墜崖的責任攬在自己身上。」淡淡的笑了笑，她這麼告訴我。

這是我第一次聽見盧小佑說這麼多話，而且這些話，就像萬靈藥一樣，瞬間減輕了我的罪惡感。仔細打量她，我發現這個喜歡把頭髮勾在耳後的女孩，給人感覺就像是可救贖人類靈魂的天使。沒錯，是身後長著一對雪白色翅膀的天使。

「別被住在你心靈深處的惡魔給迷惑，然後墮落。元澍，你已經盡力了。」

聽她提起「惡魔」一詞，我微愣，疑惑的問：「咦？妳相信這世上有惡魔？」

「嗯。」她輕輕地點頭，「A市的人都相信這世上有一群心裡住著惡魔的人。元澍，你在這裡生活了好些天，一定也聽別人提起過吧？」

「妳指的是……魔人嗎？」之前的確聽很多人提起過，卻沒有一人見過真正的魔人，所以我也只能把魔人當成傳說而已。

「沒錯，就是魔人。」她綻放著花朵般的笑容，笑起來真的很好看，就像天使。「不過，真正能救贖自己心靈的人，不是天使，也不會是惡魔或身邊的親人朋友，只有你自己而已，也就是你的意志力。」

呃，沒想到這番話竟從一個性格內向靦腆的女孩口中說出來，我目瞪口呆的看著她。

「這是我父親告訴我的，我父親是個牧師。」嫣然一笑，她解釋。

原來如此，我差點就要以為她被天使附身了。

「所以，妳也相信這世上有魔人？」不想繼續剛才那個宗教話題，我試圖轉移她注意力。

「只有見過的人才會相信吧？反正這裡的人都知道這個傳說。」

幸好她不是那種盲目去相信某件不存在事件的女孩。好吧，感覺她這人也滿有主見的，不只是個害臊和軟弱的女孩而已。

說話時，我不小心看見了她那失去手掌的缺口。她想要藏起那隻手，我卻情不自禁的握住了它。

「很痛吧？硬生生被砍了下來，當時妳一定很痛苦，也很無助。」

「我從沒想過要取笑妳，只是覺得這樣子可能會為妳的生活帶來不便，心裡就很難過。」瞠著眼，她有些震撼，又帶著感動的目光注視我。

錯愕過後，她放心的勾起唇角微笑，「元澍，謝謝你，你真善良。」

「呃，沒什麼啦，妳剛才的那些話幫了我很多，至少學姊的事，我已經沒那麼自責了，該說謝謝的人是我啦。」輕輕放開她，我由衷的道謝。

「老實說，你懷疑過我嗎？」笑了笑，她突然這麼問。

「懷疑？」這話是什麼意思？我大惑不解的看著她。

「嚴警官說，你曾經是戴家連環命案的嫌疑人，你懷疑過我是兇手嗎？」問這問題時，她看起來很忐忑。

「怎麼可能？失去手掌，都已經是半年前的事情了。」我連忙搖頭。

放心的笑了笑，盧小佑眼裡寫滿了感激，「所以我才說你很善良呀。」

女生們就只會說我可愛和善良而已……

「對了，反正我也閒著沒事做，不如我來教你認路吧。」合上書本，她突然熱心的提議，「我在這裡長大，偶爾會騎著腳踏車或開我爸的車出來兜風，對這一帶還算滿熟的。」

「咦?好主意！」雖然我未必能把所有路線都記下來，而且說不定記住了但隔天一早醒來後還是會忘記，但有個女生陪我打發時間，算是賺到了吧?

我簡直沒有拒絕人家好意的理由啊。

「嗯！如果妳肯幫忙是最好不過了，請多多指教！」我笑得合不攏嘴。

※……※……※……※

那個維爾森好煩人啊。

傍晚送盧小佑回家後，正想拿出手機打電話問伍邵凱要不要一起吃飯時，赫然發現手機有三十幾通未接來電，全都是維爾森打來的。

他在下午兩點左右就開始撥打我的手機。兼職教授的法醫有這麼閒嗎?呃，好吧，差點忘了人家再過一個禮拜才正式到法醫部報到。

說不定他又想把我擄走，要我像個傻瓜般欣賞他跟別人吵嘴吧？

我有點慶幸自己出門前先把手機調成了震動模式，而且完全未察覺有來電，大概是我把心思全擺在盧小佑身上的關係吧。

下午跟盧小佑相處的時間過得特別快，我們還去逛了書店、喝下午茶，真是個充滿愜意的一天。盧小佑是個很容易相處的女生，認識久了，我發現她滿愛笑的，也很健談。要不是她每天都要準時回家吃晚飯，我還想約她一起到夜市解決晚餐呢，唉……

我刻意忽略維爾森的來電，直接打電話給伍邵凱。

通常週末便利商店那邊只做到傍晚七點而已，現在已經快要七點了，得趕快找他才行，免得他隨便在便利商店吃泡麵了事。

「喂，一起吃晚飯吧。」電話一接通，我直接說重點。

「欸？你褓姆沒空給你做飯啊？」調侃的語氣。

週末時，顧宇憂偶爾會留在家裡下廚，甚至叫伍邵凱過來一起吃，就今天不知道在忙些什麼，害我的晚飯沒著落。

「誰知道他在忙什麼。」沒好氣的，我一屁股坐在機車上。

「他在忙？那你今天都待在家嗎？」

「沒啦，我中午出去牽車了，還遇到了盧小佑……」我三言兩語交代了盧小佑的事。

「那你現在在哪？」

「盧小佑家附近。」

「廢話！誰知道她住哪裡啦？」

我好像聽見他跺腳的聲音……

「說得也對。」我恍然大悟。

電話另一頭傳來了一串髒話。

「打開你手機的衛星導航系統啦！」

他應該很想揍人。

「啊，怎麼我都沒想到！等等我再打給你！」

掛斷電話，我立刻搜尋出自己的所在位置，然後再傳封簡訊給他。

後來，他要我到隔一小段距離的商場前面等他。不過，由於便利商店老闆有點事，要晚一個小時才能跟他換班，所以他要我到商場裡面隨便逛逛消磨時間。

反正我也閒來無事，好好放鬆心情逛個商場也挺不錯的。

要知道我已經在A市生活了三個星期，平時只忙著惹麻煩……呃，是被麻煩纏身，不然就是忙於上課和打工，所以腦袋也開始退化，連衛星導航這東西都被我遺忘了，否則那天也不會迷路迷到那座公園去了。

說不定伍邵凱會以為我連開著衛星導航系統都會迷路，囧……

把機車停在商場旁邊，稍微整理了頭髮和衣服，我開始邁開腳步走向商場的大門口。

突然，一道熟悉的身影從商場的側門拐了出來，再沿著旁邊的樓梯往下走，像是準備通往地下停車場之類的地方吧。

咦？顧宇憂也會來逛商場？他下去停車場，是想要取車吧？可是，為何他剛才不直接乘搭商場內的電梯下去呢？再說，他身上披了件黑色的長版外套，整個人看起來挺神祕的，像是那種準備出來幹壞事的人。

有古怪——當這三個字在我腦海裡成形時，我兩條腿已不聽話的移向剛才的樓梯，盡量不發出任何聲響的往下走。這對於長期練習防身術的人來說，無疑是小菜一碟。

離開樓梯，我已經來到了停車場的入口處，偶爾有幾輛車子從我旁邊擦身而過。

顧宇憂把雙手藏在外套的口袋裡，踩著沉穩的步伐往裡面走去，「咯咯咯」的腳步聲在空曠無人的空間裡，顯得額外突兀。

我心裡感覺毛毛的，一種似曾相識的感覺悄悄的在我心底擴散著。

商場的地下停車場非常寬敞，他不停的往前走，完全沒有停下來的意思。我開始感到不耐煩，以為他只是閒來無事來這邊散步時，他身後不遠處突然閃出一道詭異的黑影。那黑影移動的速度非常快，轉眼間已來到顧宇憂身後，正伸出手想要掐住他的脖子。

我一度以為自己遇見靈異事件了！

在我意識到顧宇憂即將面臨危險時，他卻迅雷不及掩耳的轉過身，先發制人以單手阻止了對方偷襲的行為。後來我只覺得眼前一花，那個傢伙已經被顧宇憂壓制在牆上動彈不得。

更教人驚訝的是，顧宇憂的左手始終放在外套的口袋裡。

而他的紅色眼瞳，則以一種很詭異的方式盯著那個偷襲不成的傢伙。

我這才看清楚對方是個年輕人，約莫二十來歲，目露凶光。被限制行動的他大聲咆哮，發出了非人般，像是動物的吼叫聲。

「你就是那個在多間商場停車場幹下超過十起搶劫兼傷人事件的魔人？」

「快放開我！你是什麼人？為什麼要插手？不關你的事，小心我殺了你！」

「殺了我嗎？那要看你有沒有這個本事了。」顧宇憂勾起了慵懶的笑，像隻貓咪般溫馴的盯著他，但眼神裡透出了危險的信息。

震耳欲聾的咆哮聲再度響起，但對方怎麼樣也掙脫不了紅眼少年的箝制，惱羞成怒的他像隻嗜血的野獸般，巴不得把眼前的小貓生吞活剝。

「放開我！放開我！」

男子暴戾的目光死死瞪著顧宇憂，他卻不慌不亂的伸出另一隻手扣住對方下巴。

「魔人只會擾亂社會的秩序，這個世界不需要魔人。」話聲一落，顧宇憂的眼瞳閃爍著詭異的紅光，那年輕人隨即發出了幾近絕望的慘叫聲。

白煙！

淡淡的白煙從那男子的髮間散發出來，然後跟我在夢境裡看見的一樣，緩慢的飄向顧宇憂的額間。當白煙完全消失時，那個人身體一軟，早已不省人事沿著牆面滑落，跌坐在地。

雙手用力摀著嘴，我差點就要叫出聲了。

我、我又在做夢了吧？可是、可……用力捏了大腿一把，痛死人了！

這不是夢！

一轉身，我立刻沒命似的奔離停車場。

現在到底是什麼跟什麼啊？我有種搞不清楚自己目前究竟是在夢境中還是在現實世界……

這是現實世界沒錯吧？可是為什麼會這樣？我剛才確確實實看見了白煙，完全跟夢境裡的畫面一模一樣！

還有，那個年輕人真的是魔人嗎？體內寄宿著惡魔的傢伙……風一般的速度、野獸般的咆哮聲……

衝出停車場的入口處，我直接跑上樓梯，一直跑到自己的小綿羊旁邊，才扶著膝蓋用力喘氣。思緒很亂、心跳也亂七八糟的。

「喂，元澍！原來你跑來商場玩了！」脖子突然被某人勒住了，「死小子，知不知道我找了你一整個下午啊？」

「放、放開我啦！」早已經上氣不接下氣的我被維爾森這麼一搞，差點就要斷氣了。

「我還擔心你放不下丘靜宜的事而躲在家裡自閉咧，早知道這樣，我就別折磨自己的心臟了……」說到這裡，看著我微微漲紅的臉時，他連忙放開我，再拍拍我的背，「喂，你幹嘛？好像一副快要斷氣的樣子？你有心臟病？還是哮喘？」

職業病發作的他，打算當街解開我襯衫的鈕釦做檢查。我立刻推開他的魔爪，「才、才不是啦！」聲音有點發抖。

「那你臉色怎麼這麼難看？見到丘靜宜的鬼魂嗎？」

你能不能別再做無謂的猜測啊？

「你別亂猜啊。」笨蛋！

「元澍？」

旁邊響起了第三者的聲音。

「嚇？！」我被嚇了一跳，一轉身，馬上對上了那隻毫無情緒的紅色眼瞳。

反射性的退開一步，正擔心顧宇憂是不是很早就發現我時，他卻冷冷的問：「你來這裡幹什麼？」

呼！原來他沒發現我，我暗地裡鬆了一口氣。

「呃，我跟伍邵凱約好在這裡聚頭啦，等等要去吃晚飯。」說完，我若無其事的拍了拍旁邊的機車，實際上心裡面害怕得要死，「你們又幹嘛在這？」

「我們也是約好一起吃晚飯啊，既然遇到了，那就一起吧。」回答的人是維爾森。

「咦？你事情都辦好了？不是說晚上才回家嗎？」我表情有些僵硬的轉向顧宇憂。

「已經將近晚上八點了。」看了一眼黑漆漆的天空，顧宇憂轉過身去，「要吃飯的話就快點跟上來，我今晚還要回去趕報告。」

「啊，這樣的話我還是不打擾你們啦，伍邵凱應該很快就會到了，呵呵。」眼前的顧宇憂給人一種陰森冷漠的感覺，我心想還是找藉口打發掉他們算了。

說。

「那我陪你等伍邵凱啦……咦？說曹操，曹操就到！」維爾森突然指著我身後，有些驚訝的說。

咦？維爾森居然知道伍邵凱？我記得他們還沒見過面吧？但也有可能是顧宇憂告訴他的。

曹操……噢不，伍邵凱！你出現的正是時候啊！我像是抓到了救生圈般，立刻用力挽住他手臂，害他一頭霧水的看著我，一副「你是不是愛上我」的表情。

當他拿下安全帽，目光接觸到眼前的維爾森和顧宇憂時，也感到非常意外，「咦？教授？學長？你們也在這？」

「嗯，剛好遇到，正想說要一起去吃飯呢。你就是元澍的死黨伍邵凱對吧？我家元澍一定給你添了很多麻煩。對了，既然遇到了，就賞臉一起吃個飯吧。」維爾森漾著親切的笑容邀請他。

喂，你才是老是給人家添麻煩的那個！

「才沒有啦……」伍邵凱抓了抓頭，「吃飯嗎？沒問題呀，難得可以跟校史中最年輕的教授吃飯，這是我的榮幸咧。」他完全沒看見我拚了命的跟他打眼色，露出了比陽光還燦爛的笑容回應。說完，他還拖著我追上了顧宇憂的步伐，「教授，你也走快一點啦。」

喂喂喂，你到底是不是我的死黨啊？怎麼一點也不了解我啊？

·第四章·

離奇的自殺事件

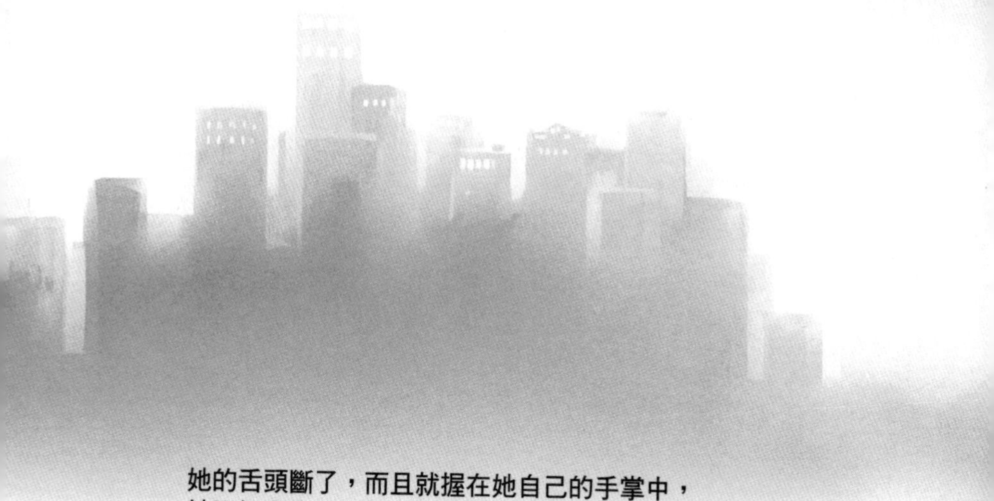

她的舌頭斷了，而且就握在她自己的手掌中，
她不知哪來的力氣，竟能把自己的舌頭拔斷……

陽光普照的早晨，蟬叫聲佔據了同學們交談的聲響。

「呼啊——」打了個大大的哈欠，我無精打采的離開停車場，來到走廊。

「喂，幹嘛不等人啦？」已停好機車的伍邵凱追上前來，揉我頭髮。

「啊，忘了。」扶著有些恍惚的腦袋，我歉然的笑笑。

「搞什麼啦你？」勾著我的肩，他關心的問。

「沒什麼……」

話說前晚一回到家，我一直反覆思考在商場停車場看到的那一幕，甚至衝動的想折返那裡，看看那個所謂的魔人是否已被顧宇憂殺死了。

曾經，我夢見顧宇憂那隻眼睛閃爍著詭異的紅光。

曾經，我夢見自己一旦對上那隻紅色的眼睛，眼前就會陷入一片黑暗。

還有……那不明的白煙。

顧宇憂到底是什麼人？如果那個年輕人真的是魔人，那麼以單手制服魔人的他，豈不是比魔人更強大？

同時，維爾森也出現在那間商場外，他們是……同伴嗎？

很亂、亂死了！我在床上翻來覆去了一整個晚上，想不出個所以然。

總而言之，不管是顧宇憂還是維爾森，對我來說都是個謎。雖然他們截至目前為止是沒有害過我，但不代表將來也不會。

況且，我還不知道那個年輕人到底是死是活。如果已經翹掉的話，一定會上頭條新聞吧？所以我這兩天醒得特別早，而且一離開床鋪，第一件事就是打開電視機觀看新聞報導，結果連一起年輕人被人重傷的社會新聞都沒有。

那是說他還沒死吧？那麼，顧宇憂到底對他做了什麼啦？不是說了「這世界不需要魔人」的話嗎？不就是要幹掉他的意思嗎？

唉，偏偏這種事又不能直接去問顧宇憂或維爾森，更不能讓伍邵凱知道，免得引起恐慌，煩死了！

「還在為丘靜宜學姊的事而難過嗎？觸景生情？」伍邵凱小心翼翼的問。

呃，這的確是個很好的藉口。

為制止他追問下去，我只好假意點點頭，然後伍邵凱又開始滔滔不絕的安慰我，害我心裡冒出了那麼丁點的內疚感。

「元澍！」身後傳來了盧小佑溫柔的叫聲。

「盧小佑，早安！」伍邵凱率先向她打招呼。

「伍邵凱，早。」她含蓄的向他點個頭，然後轉過身來向我道了聲早安。

「早，去講堂嗎？對了，還沒問妳讀哪一系呢。」我像是突然想到什麼似的問她。

「心理系。」

跟伍邵凱一樣讀心理系？

「咦？那不是跟我同系？怎麼之前都沒見妳來上課啊？」伍邵凱看起來比我還要意外。

「嗯，算起來今天是我第一天上課。呃，之前因為無法突破心理障礙，才會遲遲不敢來上課。」

「是……」伍邵凱的目光瞟向她的右手，欲言又止。

「嗯，不過已經沒關係了。」她露出了一個令人放心的笑容，「元澍，要是我能早點認識你就好了，你那天的話，給了我很大的鼓勵。」

「呃，別這麼客氣啦。」那天在公園時，我只是誠實的道出自己的心聲，能幫到她，我也挺高興的。

「喂喂喂，你們兩個看起來很奇怪咧，是不是藏了些什麼祕密？」伍邵凱突然起鬨。

「不、不是什麼祕密啦，你千萬別誤會！」她有些窘迫的否認，「元澍對我說了些鼓勵的話，所以我不再因為自己失去右手而感到自卑，就這樣而已。」

「原來如此……」伍邵凱有點失望的偷瞄了我一眼。

喂，那是什麼表情啊？你一定是以為我跟盧小佑有什麼吧？

正想送他一拳要他閉嘴時，他卻漾起了燦爛的笑容搶先說：「放心啦，難得我們同系，我一定會罩妳的，要是有人敢欺負妳，一定要告訴我喔，我會幫妳教訓他們。」說完掄起了拳頭，十足護花使者的模樣，我和盧小佑都忍不住笑彎了腰。

「沒想到你和元澍都很有趣，能認識你們真好。」

「哈哈哈，我也沒想到妳骨子裡其實很愛笑啦，也很健談。」伍邵凱禮尚往來。

「啊，時間差不多了，今天是我第一天上課，遲到的話就慘了。跟你們聊天真的很愉快，那我先……我先走了，講堂在……」盧小佑有些慌張的邁開腳步，卻不曉得該往哪裡走。

伍邵凱越過她，微笑著說：「我帶妳去啦，不用五分鐘就到了。妳忘了嗎？我跟妳同系喔。」

「那就麻煩你了，也謝謝你的幫忙。」她開心的道謝。

「不客氣！元澍，那我們先走囉。」他轉過頭來，做了個鬼臉。

「掰！」目送眼前的一男一女離開走廊後，我才旋過身，往另一個方向走去。

但走沒幾步，我突然被誰誰誰給堵住了去路。

定睛一看，居然是……顧宇憂？

「你忘了拿早餐。」把一個盒子塞進我手裡，他優雅的轉個身，像貓一樣的回到停車場，跳上自己的座駕。

等我反應過來時，車子已經跑出校門口，拐出了馬路。

我記得今早出門時，顧宇憂好像在房裡打報告。為了避開他，我連早餐都沒吃就沒命似的跑下樓。沒想到，他百忙中還抽空送早餐給我，感覺比男朋友還體貼……

呸呸呸！在想什麼啊我！

撇開老是落井下石和在我傷口上灑鹽的事不說，可能也許大概他是那種不懂得說好聽、奉承或安慰人的話，不過……卻還滿照顧我的。

唉，這樣子我就更不能懷疑他是壞人了，只能判斷他對我隱瞞了一些不能說的祕密。

正想進一步釐清他到底是什麼人時，眼前突然出現兩個有點眼熟的美女……呃，女同學啦。

「元澍！還記得我們嗎？喏，那天的迎新活動上，我們曾在山頂上跟你要過手機號碼喔，我是蘇悅慈。」這女生看起來很活潑，是那種開朗型的。

「你好，我是羅彩意。」這女生說話時，有些緊張的咬著下唇。

「呃，早安。」我有些失措的回應她們。

跟我要手機號碼，說不定是對我有意思，不然就是想跟我交朋友吧？

老爸，最近開始有女生主動向你兒子搭訕了，可是我好緊張啊。

「能不能拜託你一件事呢？」開口的是羅彩意，她手裡似乎拿著一封淺綠色的小信封。

天啊，該不會又是情書吧？我感覺自己心跳加速。

「什、什麼事？」舌頭好像打結了。

「這封信……」遞出信封時，她有些猶豫。

「哎喲，都已經見到人了，就別再退縮了啦。」蘇悅慈一把搶過那封信，整個塞進我手裡，然後又從書包裡拿出了巧克力，再塞一次。

「呃？」我有些慌張的接住信和巧克力。

「是這樣的，彩意對新來的那個維爾森教授有意思，卻又不好意思當面找他。因為我們見教授好像跟你還滿熟的，還載過你上下學，所以想拜託你把這封情書轉交給教授。那塊巧克力是謝禮喔，拜託拜託……」

額頭直接劃下了三條黑線，原來是要我當……跑腿嗎？

羅彩意紅著臉，滿懷期待的看著我，害我不忍心拒絕她。

「呃，放心啦，包在我身上，呵呵呵。」

「就知道你人很好，謝謝你啊！有空再請你吃麵包喔。」蘇悅慈開心的握住我的手，羅彩意也終於露出了寬心的笑容，向我道謝。

眼睜睜看著兩個女生走遠後，我有些無奈的垂下肩，把情書收進背包裡。

正想把巧克力也一起放進去時，又不知哪個傢伙跑來拍我肩膀。怎麼感覺我今天早上好像特別忙啊？

有些煩躁的回過頭，發現那個拍我肩膀的，是我的直屬學長安永煥。

「學長！」

「喂，又被告白了？」他笑得不懷好意。

「才沒啦。」我也希望對方告白的對象是我啊。

不過託我送情書這種有辱我男性尊嚴的話，我可不打算說出口。

「吃巧克力嗎？」我打算拿蘇悅慈送的巧克力來堵住他準備說出口的話。

「咦？有巧克力吃喔？幹嘛，原本想拿來送給女生，但女生拒絕收下吧？」他一副賊樣的對我說著。

喂，學長你不能說些比較中聽的話嗎？

「人家送的啦。」

「剛才的女生?」

原來被你看到了!

「是啦，其中一個送的。」我邊說邊邁開腳步往前走，並不打算繼續跟他瞎掰。

「喔喔!元澍，你的女人緣真好咧!」他追上前來。

好個屁啦!

「學長，你今天不必上課喔?」我很忙，沒空陪你玩。

「今天早上本來沒課，但要回來收拾殘局。」

殘局?是指丘靜宜學姊的事嗎?

我沒繼續追問下去，他也沒再透露些什麼，跟我告別後就往反方向走去了。

「討厭，幹嘛要我做這種事……」把羅彩意要我轉交情書的事說出來後，我有些無奈的吐了一口氣，抱怨。

一旁，跟我一塊兒留在學校餐廳吃午飯的伍邵凱揉了揉我的頭髮，笑著說：「誰叫你們關係非比尋常呀?哈哈哈……」

「你們的關係很好嗎?」硬被伍邵凱拖來餐廳的盧小佑好奇的問。

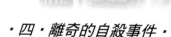

「同居關係，妳說好不好呢？」伍邵凱笑得連手上的叉子都快要拿不住了。

「別胡說八道啦！是顧宇憂叫他住進來的，我這個寄人籬下的，要反對也沒有分量啊！」真想直接拍掉他叉子，叫他用爪子吃麵，「給我安靜吃你的麵，不然噎著了我就直接送你去太平間。」

「哼，沒良心……我安靜就是了。」他不滿的癟了癟嘴，倒真的不再說話了。

「咦？就是那個跟嚴警官很熟的顧學長？你們住在一起嗎？」她更好奇了。

「對啦，基於某些因素。」嘆了一口氣，我不打算解釋太多。

「是錯綜複雜的關係。」

吃麵的那個又說話了，我馬上送出一個白眼。

伍邵凱聳了聳肩，馬上轉移話題：「對了，早上找你的那兩個女生，就是夜遊時跟你要手機號碼的吧？」

「嗯，一個叫羅彩意，一個叫蘇悅慈。要送情書的，是那個姓羅的。」我心裡很不是滋味。

「啊，就是那兩個一動一靜的女生吧。」盧小佑的記性很不錯。

「妳還記得？」我訝異。

「那時候我也在場呀。不過跟你要手機號碼的不止她們兩個，放心啦，說不定裡面也包括了對你有好感的女生喔。」

這個善良的女生老是安慰我，在我快要跌倒時拉我一把，這就是牧師女兒的優點吧？一直散發著正面能量。

「謝謝妳，我也這麼希望呢，呵呵呵。」心情舒坦多了。

「別這麼客氣啦，我這個人沒什麼優點，不能為你做什麼，但至少能在言語上安慰你吧。我父親常說，人與人之間的緣分很奇妙，有緣相識的人，一定要好好珍惜彼此的緣分，親人也一樣呢。」

「妳的話很深奧咧。」伍邵凱忍不住插話。

「哪裡，只是有感而發，希望不會悶壞你們。」

自動忽略他們後面的談話，我腦海裡仍停留著「珍惜」和「親人」這幾個字。

她的話，把我思緒帶往那個素未謀面的老媽身上……對啊，差點忘了自己繼承爸遺產的另一個目的——打聽老媽的下落。

「時候不早了，我要回去了，不然家人會擔心我。」盧小佑突然站起身，向我和伍邵凱揮揮手道別。

「抱歉啦，耽擱了妳的時間，路上小心，掰。」之前聽她說，她是搭公車往返學校和住家的。說話時，我還故意瞪了正在吃麵的伍邵凱一眼，一副「都是你硬把人綁架過來」的樣子。

伍邵凱不以為意的扮了個鬼臉，繼續吃他的麵，那吃相真是有夠粗魯的，連湯汁都噴到我這裡來了。

正想開口說他兩句時，餐廳的玻璃門又被人推開了。顧宇憂和維爾森一前一後踏入餐廳，周圍的目光全被他們那兩張帥臉吸光了。

「那是盧小佑吧？」維爾森來到我對面的椅子坐下，一邊問。

他會這麼問，我一點也不感到奇怪，他跟顧宇憂這麼要好，後者一定把戴家連環命案的細節全都告訴他了。

走在後頭的顧宇憂跟著拉開我旁邊那張空椅子，也就是盧小佑剛才坐的位子，在眾目睽睽下優雅的坐下。

「對啊，沒想到盧小佑跟我同系呢。」吞下最後一口麵，伍邵凱拿起面紙擦嘴巴，一邊回答。

「對了，有個叫羅彩意的女生託我給你的。」我趕快把那燙手山芋──那封情書放在維爾森面前。

「情書？」他看起來似乎很困擾，卻沒伸手去拿。

哼，這人一定不止收過這封情書，死傢伙！

旁邊的顧宇憂突然摀著嘴，好像在偷笑？

「好歹也是人家一番心意，隨便也打開來看一下吧。」我有點替羅彩意感到不值。

「好吧，看一下是不會少幾塊肉，但我可不會接受她們的告白喔，校園禁止談師生戀。」無奈的把情書收進口袋裡，維爾森繼續說：「下次要是再有女生託你轉交這個，你叫她們直接來找我好了，好讓我當面拒絕她們。」

討厭，大叔你在獻什麼寶啊？我詛咒你一輩子交不到女朋友！

「對了，顧宇憂，那個關於我媽的事，你知道多少？你是爸的助理，他一定告訴過你吧？」不去理會那個大情聖的廢話，我轉向顧宇憂問道。

顧宇憂怎麼說都跟我爸相處了一段時間，說不定媽在離婚後還有回來找爸，這些都被他看在眼裡，所以對我媽的事應該也略知一二。趁現在課業還比較輕鬆的時候，得儘快找到她才行。

「柯莉女士？為什麼突然問這個？」正想起身去點餐的他有些好奇的看著我，但臉上卻帶著一貫的慵懶神韻。

原來我媽的名字叫柯莉，滿好聽的嘛。

「老實說，我來這裡的另一個目的，就是為了要找到我的親生母親，因為我不想連跟親生父母見上一面的機會都沒有。我爸的事，已經夠我遺憾一輩子了，我不希望連媽也一樣，死了才知道她是我媽。」帶著微微的傷感，我低下頭。

「不過茫茫人海，要怎麼找呢？」維爾森一刻都不能安靜。不曉得是不是我的錯覺，我發現他眼裡閃過一絲憂傷，跟我一樣是個孤兒的他，也忽然想念自己的親生父母，想要見他們一面嗎？

「對啊，反正是她不要你在先啦，即使找到她又怎樣呢？說不定她已經有了新的家庭，到時候你的身分會很尷尬。」伍邵凱也幫腔。

「可是她是我老媽啊，我只是想知道她過得好不好而已，可能遠遠看一眼也就足夠了。」

「元先生不曾在我面前提起那場失敗的婚姻，而你母親在離婚後也不曾來找過你父親。不過我聽說她後來在孤兒院收養了兩個孩子，一男一女，也許已經有自己的生活了。」顧宇憂淡淡的說。

「咦？那豈不是我的……弟弟和妹妹？」

「他們比你年長，算起來應該是你沒有血緣關係的兄長和姊姊。」說完，他不經易的瞥了維爾森一眼，後者馬上別開頭。

那是什麼表情啊？但我可沒空去揣測。

一聽到自己有哥哥和姊姊，我開始興奮的憧憬著，「那我更要找到他們了！說不定還能跟他們成為朋友呢。」

我已經寂寞了十八年，現在得知自己原來還有哥哥和姊姊，那種心情是非筆墨所能形容的。

「不過，沒有人知道他們的下落。」

「爸都沒留下任何跟媽有關的東西或聯絡方式嗎？說不定爸的房間或書房裡……」我突然想起自己曾經到過爸那棟已被燒毀的洋房找東西，在找什麼來著？我忘了。

不過，我大概記得洋房裡沒有留下任何文件或書籍之類的東西。

「怎麼了？」見我把話說到一半，就突然變安靜了，維爾森輕輕拍了我的臉一下。

「啊，沒什麼。」我晃了晃腦袋，重新掛著微笑。

顧宇憂面無表情的看著我，像是想要從我身上探索些什麼。

一對上那隻紅色的眼睛，我感到心神不寧。

「既然沒留下任何東西，你爸的意思是不希望你去找你媽吧？哼哼，說不定是她做了什麼對不起你爸的事，你爸不希望你知道真相後傷心難過吧。」伍邵凱勾著我的肩，繼續說服我，「你爸這麼做也是為了你好，你就乖乖的過好自己的生活就行啦。」

「可是……」我還想說些什麼，卻被顧宇憂打斷了。

「我會幫你打聽。」說完，他輕輕推開椅子，起身走向點餐處。

「欸，等等我啦，我也還沒吃。」維爾森見狀，連忙追上去。

……顧宇憂他答應我了？我沒聽錯吧？真好，我差點就要壓抑不住內心雀躍的感覺，當場拉著伍邵凱跳恰恰了。

「他居然答應幫我！」我小小聲的嘶吼，好興奮。

「哼，到時候別跑來向我哭訴你老媽不肯認你。」別過頭去，伍邵凱不理我。

奇怪，能找回我母親，他應該替我感到高興才對，在學什麼女生鬧彆扭啊？

正想開口調侃他兩句時，才想起他本身也是孤兒，也許……他在嫉妒吧？頓了頓，我硬生生把話吞回肚裡。

※　…　※　…　※　…　※

吃完午飯，一離開餐廳，維爾森說他下午兩點才有課，硬要載我去便利商店打工。

來到停車場，我發現那傢伙退掉了那輛車牌號碼不吉利的休旅車，自己買了輛款式一模一樣的。

汗，這個孤兒就是比人家有錢，看來美國挺好混的。

關上車門後，我發現周圍那些女生盯著我看的目光有點怪，就像是原配瞪著搶她老公的情婦一樣，可以秒殺人的那種眼神。

喂，我又不是這傢伙的情人，她們幹嘛一副想要啃掉我的樣子？

把這件事告訴旁邊的司機時，他卻笑我多心了。

多心是嗎？希望吧，最近發生太多事，我心臟好像有點負荷不了。

踏入便利商店，一瞧見地面上那一箱箱剛運抵的商品時，我有預感今天一定會忙死。

伍邵凱下午還有課，所以便利商店的上架工作全落在我肩上，幸好下午沒什麼顧客上門，不然我可要在櫃檯與商品之間兩邊跑，不忙死都喘死了。

沒想到在我忙於打標與上架商品時，那個已經跑回家吃飯的老闆突然去而復返。看著進門的老闆，我有些反應不過來。

「老闆？」

「啊，要補的貨很多，我擔心你一個人應付不來，一扒完飯就回來幫忙了。」說完，他拉了拉褲管在我面前蹲下，把箱子裡的商品搬出來。

這老闆真是好得沒話說，平時一有補貨，而店裡只剩下一個人顧店時，他一定會過來幫忙。

「老闆，你真是個好人，謝謝你！」

「謝什麼呢，你和伍邵凱都是勤奮好學的好青年，把便利商店打理得有條不紊，我才要謝你們呢，待會下午茶算我的！」他豪邁的笑著說。

「謝謝老闆！」開心的回應著，我忙加快手上的速度。

花了三個多小時，總算把所有商品全補齊了。一諾千金的老闆跑去附近的蛋糕店買了些泡芙回來請我吃，然後才拍拍屁股離開。

正想拿起泡芙咬一口時，店門突然打開，我以為是老闆漏了東西忘記拿又跑了回來，沒想到一抬頭，卻看見一抹瘦小的身體正走向貨架。

「盧小佑？」

「元澍？」愣了一下，她也目瞪口呆的看著我。

「我在這裡打工啦，伍邵凱也是喔，只不過他下午有課，會比較遲過來就是了。」我露出親切的笑容跟她打招呼。

「原來如此，那之後我要經常光顧這家便利商店了。」笑了笑，她來到了櫃檯前。

「想要買什麼？我幫妳找。」

「很普通的日常用品，我自己拿就行了。」

「那好，喏，購物籃。」我隨手在櫃檯旁邊拿起購物籃遞給她。

「謝謝。」

「妳慢慢選，我們待會兒再聊。」

「好。」應了一聲，她逕自往貨架走去。

大概是已經把要買的東西全記在腦海裡，稍微兜了一圈，籃子裡已經裝滿了她要買的商品。

「對了，元澍。」她突然叫我。

「嗯？有事嗎？」我立刻離開櫃檯，來到她身邊。

「這包狗糧，能幫我搬一下嗎？好像有點重。」

「這包嗎？」那狗糧少說也有七、八公斤，對一個弱不禁風的女生來說的確有點重。

「對，麻煩你了。」她有些歉疚的說。

「一點也不重啦，放心，這工作我做慣了。」把那包東西搬到了櫃檯上，我笑著問：「妳家裡養狗嗎？」

「不，是幫朋友買的。差不多就是這些，可以結帳了。」她禮貌的笑笑，準備掏出錢包。

「沒問題，請稍等。」重返櫃檯的收銀機前，我熟練的掃描價錢、裝袋。

付帳後，我見她買了不少東西，有些擔心的問：「拿著這些東西搭公車，妳行嗎？」單單那包狗糧就已經夠重了。

「我開了我爸的車子過來。」她拿出車鑰匙，笑著在我面前晃了晃。

「那我幫妳拿進車吧。」說完，不給她反對的機會，我一手抱著狗糧，一手拎起購物袋。

「啊啊……那、那就麻煩你了。」原本她已抬起手，看起來像是想自己提購物袋的樣子，但我搶先一步，她只好放下手，快步走到門口，朝路邊停放的一輛轎車走去，打開後車箱。

我將所有東西放入後車箱，確定沒落下任何東西後，關上後車蓋。她道聲謝後，才坐進車子駕駛座。

我向她揮了揮手，看著車子緩緩駛出馬路，成為一個小黑點後，我才快步回到店裡。

重返櫃檯，我才想起剛才忘了問她要不要吃泡芙。

不經易的瞥了牆上的時鐘一眼，心想伍邵凱下午四點下課，應該早就來到便利商店了，連跟他同系的盧小佑都已經買完東西回家去了。

哼哼，那小子一定泡在學校偷懶。

一邊吃著泡芙，正想著要剩幾個給伍邵凱時，外面響起了野狼的咆哮聲。

我真懷疑那傢伙的前世是曹操！

「喂，你聽說了嗎？」伍邵凱一走進便利商店，劈頭就是這麼一句，我只好把盧小佑剛來光顧的事壓後再說。

「聽說什麼？」

「早上那個拜託你送情書給維爾森的女生，叫羅什麼的……」

「羅彩意。」

「對，就是她，她在女生廁所裡自殺了，聽說好像是咬舌自盡的。」

「自殺？！」我大吃一驚，整個人撞上了櫃檯旁邊的櫃子，「痛……」撫著被撞痛的腰際，我直接跌坐在椅子上。

「對啊！」他不以為意的點點頭，來到櫃檯前放下背包，倒關心起我的腰，「沒事吧？小心撞壞了櫃檯，要賠錢喔。」

「去你的！」沒良心的死小子！「什麼時候的事？」

「什麼時候撞到腰？」

「羅彩意是什麼時候自殺的啦！」這小子是故意氣我的是吧？

「不清楚咧，一下課，我肚子痛到不行，直接衝去洗手間拉肚子。一出來，就看見對面校舍來了很多警察，那個嚴克奇也在喔。可是打工時間快到了，我只問到有個叫羅彩意的女生在廁所自殺，就匆匆跑掉了。反正新聞一定會報，也不急於一時啦。」

把話說完，他轉頭看著那些整齊的商品，又轉回來瞠目結舌的問我：「喂，上架工作做完啦？你一個人完成的？我還擔心你一個人做不來，一下課就趕過來的說……」

我沒回答他，反而抄起背包跑了出去。

「喂，你要去哪裡？」

「回去學校看看！這裡就拜託你了！」衝出店門，我拔腿跑向正停在路邊等候綠燈的計程車，開車門上了車，要司機火速開往學校。

太奇怪了，明明早上才託我轉交情書給仰慕對象的羅彩意，怎麼突然就自殺了呢？我一定要趕去學校問個明白。

喂喂，我可是有把情書交給維爾森喔，拜託妳別化成厲鬼跑來找我麻煩才好！

一來到學校，我原本想找人打聽出事的是哪棟校舍，但看到某棟建築物外圍著不少人，有師生、有警察、有救護車……二話不說，我立刻衝過去，進了校舍直奔二樓。

一踏上二樓的走廊，馬上有位警察趨前阻止我繼續前進。

「這位同學，這裡已經被警方封鎖了，麻煩請走別的走廊……」

「死掉的學生是羅彩意吧？她是咬舌自盡的嗎？」我有些緊張的問他。

「對不起，這起案件尚在調查階段，我們無可奉告。」他無情的拒絕了我。

「元澍！」

誰在叫我？轉過身去，已哭紅了眼的蘇悅慈在後面不遠處的走廊上蹲著，她頻頻拭淚，正淚眼汪汪的注視著我。

「蘇悅慈！」撇開那個警察，我立刻來到她面前，急問道：「到底是怎麼回事？」

「我也不知道……下午上課前，彩意被教授叫了出去，後來去哪裡我並不知道，過了很久都沒回來上課，我還以為他們跑去約會了……沒想到，卻傳出彩意在廁所自殺的消息，嗚嗚嗚……說不定她被教授拒絕了，才會一時看不開的……」

對啊，不是我要說她，羅彩意看起來就是那種懦弱得幾乎無法承受任何打擊的女生，因受到情傷而自殺，一點也不奇怪。

「元澍，你在這裡幹什麼？」

不遠處響起了冷颼颼的聲音。

我當場愣住了。原來顧宇憂那傢伙也在這裡，也對，差點忘了他下午也留在學校上課。

我立刻趨前問他：「確定是咬舌自盡嗎？那個羅彩意。」

「沒錯，不過……」嚴克奇不知打從哪裡冒了出來，代替顧宇憂回答，然後莫名其妙的把目光轉向我身後的蘇悅慈，「這位同學，聽說妳是羅彩意的死黨，對吧？」

「是、是的。」擦了擦淚，她有些慌張的回答。

「帶她去做筆錄，順便問問羅彩意生前的為人與性格。」他召來旁邊的女警，要她把蘇悅慈帶去樓下的講堂。

目送那兩人下樓後，嚴克奇才把身體倚靠在護欄上，吐了一口氣，「舌頭斷了，而且就握在她自己的手掌中，她不知哪來的力氣，竟能把自己的舌頭拔斷。」

「人家常說咬舌自盡，咬斷舌頭真的會死嗎？」我狐疑的問道。

「會，但不是失血過多，是窒息而死。」

周圍又傳來了另一個人的聲音，某個兼職教授的法醫正從廁所走出來，一邊脫下手套丟向旁邊的垃圾桶。

「人類的舌頭相當敏感，斷舌會造成劇烈疼痛，剩下的舌頭會往後縮去，擋住了我們呼吸的氣管。因為死者自殺時沒有立刻被發現，失去了搶救的機會，就在強烈的痛楚下窒息而死。」他語氣充滿了惋惜。

「她是被你害死的！一定是你拒絕了她的告白，她才會跑去尋死！」我生氣的指責維爾森。

「咦？你是怎麼知道的？」他有些驚訝的看著我。

「蘇悅慈說羅彩意跟你出去之後，就突然自殺了，一定是你對她說了什麼殘忍的話吧？」中午才聽他說，會當面拒絕那些向他告白的女生。

「就漫畫裡常會出現的對白啊，很直接，但我已經把傷害程度減至最低喔。我還跟她說了句『謝謝妳的錯愛』呢。」他一臉無辜的看著我。

去你的錯愛！

「元澍，不是維爾森的錯，你不能把過錯全歸咎在他身上，再說，現在也不是討論這問題的時候。」

討厭，顧宇憂又再替他說話了。

「當然啊，你們是兒時玩伴，不管任何時候你都會偏袒他！」

「喂喂喂，元澍，你火氣幹嘛這麼大？」嚴克奇皺眉看著我。

呃，對啊，幹嘛我會莫名其妙發飆啊，就因為維爾森深受女性歡迎和青睞？幹，這不就是嫉妒嗎？

別過頭，我咬著下唇不再說話。

要是被他們知道我嫉妒這個比我年長六歲的教授，不笑死才怪！

「有兩個疑點，第一，女生自殺很少會選擇這種痛苦和不雅觀的死法。」顧宇憂見我變安靜了，開始道出自己的觀點。

「不雅觀？」咬舌自盡到底有多不雅觀？好想進去看看……

「就流了滿嘴滿身的血，然後五官因為痛苦而扭曲了，死後那對眼睛還瞪得跟金魚眼一樣大，差點就要脫眶了，總之死狀非常恐怖。」嚴克奇這話是說給我聽的。

我不敢去想像那個笑起來像朵含苞待放的小花的女生，死後有多駭人。晃了晃腦袋，我沒有要追問下去的意思，把她美麗的一面留在心底就好了，死狀就……呃，免了吧。

「疑點二，以一個女生的力氣來說，能一口氣拔斷自己的舌頭，聽起來似乎不怎麼可能。」

「但根據我初步檢驗，她身上沒有其他傷痕或瘀青，再說，以舌頭斷裂的缺口來判斷，是被拔斷沒錯。」維爾森解釋。

「看來如果現場沒找到其他可疑證物或線索的話，只能被列為自殺案處理了。」嚴克奇無奈的說。

·第五章·

小心野狗出沒

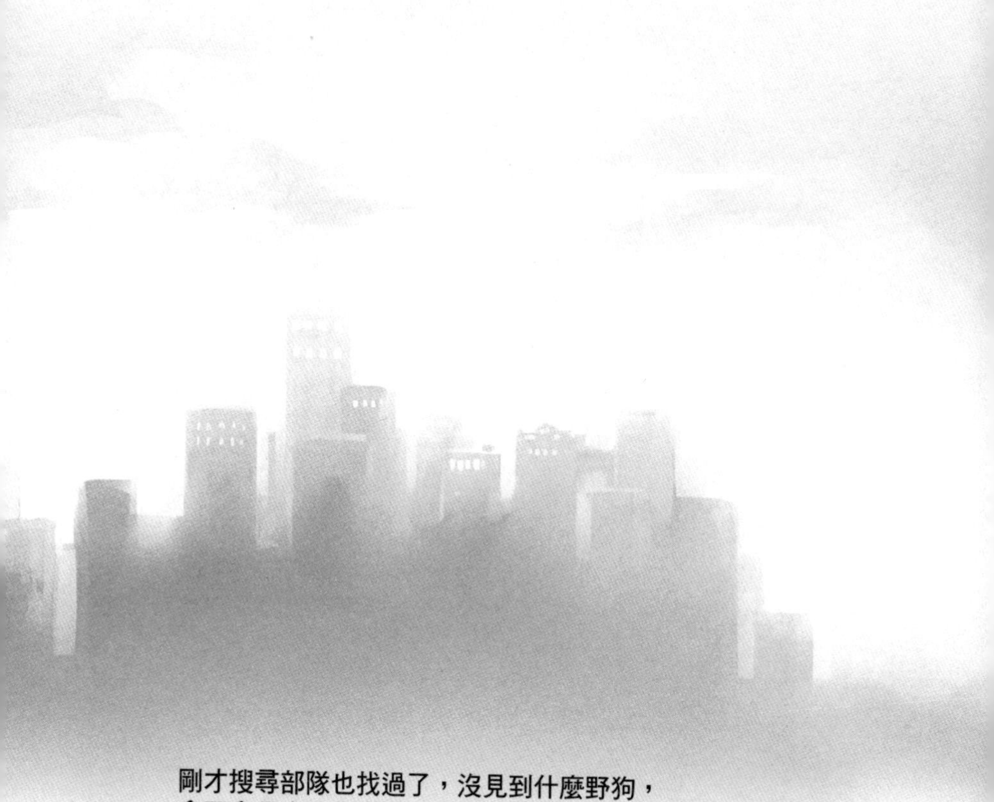

剛才搜尋部隊也找過了，沒見到什麼野狗，
會不會是出現了狼人之類的怪物吧？

翌日一早來到學校，整座校園籠罩在一股愁雲慘霧之中。沒想到才短短幾天就死了兩個女生，一個意外身亡，一個自斷生命。想到這，有種想要卻步，不想再繼續往前走的感覺。

「怎麼了？」走在前頭的顧宇憂轉過身來問我。

「沒、沒什麼。」自從戴家的連環命案告一段落後，我以為自己很快就能回到正常的大學生涯，沒想到身邊認識的人卻一個接一個離我而去。雖然我們認識不深，但一想到她們在這種花樣年華的年齡死去，未免太可惜了，再怎麼說她們的人生才剛要開始呢。

「還在為羅彩意的事難過？」顧宇憂停下腳步，看著我趕上他步伐，才繼續往前走。

「拜託叫那個教授別再亂放電了啦。」我有些負氣的說。

勾了勾脣，他看起來似乎也很無奈，「我相信他本身也很困擾。」

「真是的，沒事長那麼帥幹嘛？」

「總不能要他戴著面具見人吧？」他難得有心情說笑，「對了，前面的女生是在等你吧？」

抬起頭，我循著他的目光看過去，前方的樹下有個女生一直在對著我笑。我背脊一涼，眼角抽搐了兩下，那是很不好的預感。

結果走往講堂的路上，我總共收到了三封情書，但全都是要我轉交給維爾森的……幹！

我憤憤不平的正準備踏入講堂，手臂卻被一股力量拽住了。

「元澍！」

「學長？」這個安永煥幹嘛一直出現在我面前啊？我差點就要以為他喜歡上我了。

「剛才聽顧宇憂說，你看起來好像不太開心，所以要我這個直屬學長多多關注你喔。」他直接攬著我的肩，然後盯著我上衣口袋裡的情書笑了笑，「喂，又收到情書啦？」

「才、才沒啦。」又不是給我的，你興奮個屁！不過，這種事怎能跟學長說啦？拜託，這關係到男性尊嚴和面子問題好不好？

「別騙我喔，剛才我都看到了耶！」

「你看到了？」我有些窘迫的看著他，說不定他連那些女生要我把情書轉交給維爾森的話都聽見了！

沒想到他卻露出壞壞的笑容說：「真沒想到你奇蹟般的深受女生歡迎咧！可是一下子被這麼多女生告白，你會不會很困擾啊？」

抱歉，困擾的人可不是我。

「呼，原來你沒聽見。」我暗自嘀咕。

「學長，我沒事啦，你不必管我，趕快去上課吧。」我推著他身子走向走廊的樓梯口。

「吶，有問題的話一定要找我喔，不管是課業還是感情方面的問題……」

「知道了！」你很囉唆耶。

好不容易送走了安永煥，我決定先去找維爾森，把這些礙眼的情書先拋給他。

來到講師的辦公室，卻被告知那傢伙下午才有課，早上大概在家裡睡死了。我索性把那些情書放在他桌上，再傳了封簡訊通知他一聲。

結果一離開辦公室，維爾森很快就回電了。

「小子，你沒把我的話聽進去喔？」

「什麼？」我莫名其妙。

「就是叫那些女生直接來找我啊，好讓我當面把話說清楚。」說完，他還補上一句：「你有健忘症啊？」

我幹嘛要被這種人說教啊？

「是是是！教授教訓得是！也不想想當初是誰一直黏著我跟我裝熟，拜託我也很困擾好不好？」話一說完，我氣得正想直接掛斷電話時，有個人突然慌慌張張的跑過我面前，直奔進辦公室裡。

「不好了！後山那邊好像死人了！」

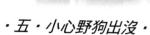

啥？又有人死？開玩笑嗎？可是我連笑都笑不出來。

「喂喂喂？……元澍，還在嗎？……喂喂？」

我腦袋一片空白，電話另一頭的人叫了好幾次，我才清醒過來，呆呆的回應維爾森：「他們說後山好像有人死了……」

不知為何，我感覺自己的聲音在顫抖。

※……※……※……※

「身體多處有撕裂傷，相信是被野狗咬死的。」與嚴克奇同時趕抵學校的維爾森，立刻在第一時間到後山檢查死者遺體，「至於是什麼品種的野狗，要比對一下齒印才能確認。」

站在遠處看著那具一動也不動、血肉模糊的屍體時，我整個人幾近昏眩。

在警方尚未抵達現場時，我已從其他同學口中得知被野狗咬死的同學是個女生，名字叫蘇悅慈。沒錯，就是昨天才剛痛失好友的那個蘇悅慈。據說她可能是因為羅彩意突然自殺身亡而難過不已，昨晚才會獨自跑來後山散心或看夜景，沒想到卻被野狗襲擊了。

「臉部嚴重被咬傷，幾乎快認不出來了，不過致命傷是頸動脈被咬斷，失血過多而死。」為屍體進行初步檢查後，維爾森邊走向我，邊向嚴克奇作簡報。

「野狗？」同樣身在現場的顧宇憂像是想到什麼似的說：「那天見到的那條野狗嗎？」

「不確定是不是，但學校後山為什麼會有野狗？」某個教授大惑不解。

「我也不清楚，之前學校的後山一直相安無事，也沒傳出有野狗出沒。」紅眼少年搖了搖頭，「牠在迎新活動那晚才開始出現的。」

我想起來了，要不是那條野狗，說不定丘靜宜學姊也不會死。

不過，確定那是野狗嗎？牠看起來非常凶悍，絕對是那種會咬死人的傢伙，我甚至懷疑牠是不是那些凶殘的肉食猛獸，比如獅子或豹？

如果那晚顧宇憂和維爾森沒及時出現，我要不是跌死就是被牠咬死。

「剛才搜尋部隊也找過了，沒見到什麼野狗，會不會是出現了狼人之類的怪物吧？喏，月圓之夜才會變身的那種。」

很明顯的，這個講廢話的教授直接被另外兩人無視掉了。

老實說，我也不想去回應這種沒有邏輯的廢話。

「好啦好啦，死者身上留了一些毛髮，拿回去化驗後就能證實她到底是被什麼東西咬死的。」維爾森打了個哈欠，正想要離開，「累死了，還以為今早沒課，可以多睡幾個小時。」

「走吧，剩下的交給警方處理，回去上課吧。」為了這件事，顧宇憂和我都曠課了。我連回應的力氣都被抽光了，就這樣跟著顧宇憂離開後山。

感覺自己一整天都在恍神，連課也聽不進去。

好不容易上完下午的課，坐著伍邵凱的野狼一起前往便利商店途中，那不聽話的元神好像還在外面遊蕩。

真是的，沒事跑去後山幹嘛？要哭泣的話我可以把肩膀借給妳啊，只要妳開口就行，結果連自己的命都哭掉了，笨蛋……

「咦？」騎車的人突然緊急煞車，我差點沒被摔出去。

定了定神，我正想教訓這個有飆車惡習的傢伙時，也跟著一怔。

因為一年三百六十五天，一天營業二十四小時的便利商店……總之全年無休的便利商店的鐵捲門竟然拉了下來，而且上面還貼了一張白色紙張。

「奇怪，沒開店也拜託通知一下啊，害我們白跑一趟。」心情欠佳的我不滿的咕噥，但想了一下又覺得不對勁。

「不，老闆不是這種沒交代的人咧。」伍邵凱也在喃喃自語。

沒錯，老闆是好人，昨天擔心我被龐大的工作量壓垮，他還特地跑回店裡跟我一起處理上架的商品。我因為剛才那個小小的抱怨而心存內疚。

「有通告喔，說不定上面寫著『東主有喜，休息兩天』的好消息吧，哈哈哈……」伍邵凱大笑著跨下野狼，走到那張白紙前。

「有喜事？可是老闆看起來才四十幾歲，這麼快就嫁女兒或娶媳婦了？」

「老闆不能早婚喔？要是他當年十七歲就結婚了，兒女都已經二十多歲啦。」他反駁。

「也對啦……」那年代的男女才十幾歲就步入了婚姻，哪像現在的年輕人，能在三十歲成家立室就已經很不錯了。

怎知眼神定格在那張白紙上的伍邵凱，臉上的笑容忽然隱去，然後臉色刷白的轉頭看著我，欲言又止。

「怎麼了？」我好奇的拿下安全帽，把眼睛湊近那張通告。

「是喪事，老闆死了！」

死了？我手上的安全帽「撲通」一聲掉在地上，滾到了水溝邊。

「老闆向來身體健壯，很少病痛，這消息太突然了！」伍邵凱的臉色難看極了。

我不怪他，畢竟他在這裡打工近半年了，跟老闆的關係還算不錯。雖然我跟老闆的關係不比伍邵凱跟他的親近，但一聽見這個惡耗，也非常震驚。

怎麼感覺人類的生命比螞蟻還脆弱，說死就死呢？

伍邵凱，節哀啊！我握住伍邵凱的肩膀給他鼓勵，「如果你想去他家看看，我可以陪你去。」忍著傷痛，我這麼說。

他像個木偶般點個頭，重新回到機車上。見他一副丟了魂的模樣，我心裡也不好過。撿起掉落的安全帽，再幫伍邵凱扣緊安全帽，我把他趕到了後座去。

「我來騎吧。」以他現在這種心情，根本就不能騎車，說不定會把內心的悲憤全發洩在車子上，飆出了每小時兩百公里的時速，我可不想英年早逝啊。

他沒反對，愣愣的任由我擺布。

一路上，伍邵凱除了告訴我前往老闆家的路該怎麼走之外，昔日填滿笑意的臉上爬滿了沉重悲痛的表情。燦爛的陽光不再包圍著他，剩下的，只有一團灰色烏雲。

「對不起……」雖然不曉得老闆為何突然逝世，但我就是忍不住說出這三個字。

「幹嘛啦？」他勉強笑一個，可是那表情比哭還難看。

你乾脆別笑好了。我在心裡咕噥。

「不管怎樣你一定要堅強起來。」

他咬著下脣點點頭。

沒過多久，我們來到便利商店老闆的家。這裡剛才是在進行什麼儀式嗎？因為洋房前的院子一片凌亂，有人在進行著打掃工作，有人在拆卸器具、運上卡車。

正在低頭打掃的一名婦女眼見我們兩個少年突然出現於籬笆門外，忙放下手上的掃把，帶著一臉憔悴的容顏趨前問我們：「請問你們是來參加……」可是她的話還沒說完，就已經被伍邵凱打斷了。

「老闆娘！我是伍邵凱啊，之前在便利商店見過幾次面的！」他語氣激動。

「啊，阿凱……」才喊完，她的眼淚開始填滿了眼眶，「老頭子不知道吃錯了什麼藥，竟然在昨天傍晚燒炭自殺了，還留下遺書說對這個世界感到絕望，嗚嗚嗚……因為事發突然，我六神無主，也忙著要把遺體運回老家，所以沒時間通知你們，等等我們就要回老家了……」

自殺？又一個好好的人跑去自殺了？我的腦海一直被這兩個字填得滿滿的，不留一絲空隙，就連什麼時候跟著伍邵凱一起離開洋房都不知道。

當我回過神時，已經跟伍邵凱來到了夜市。叫了點吃的東西，我們開始坐下來填飽肚子。可是面對眼前的美食時，我卻形同嚼蠟，沒什麼胃口。

「喂，怎麼啦？為什麼你看起來比我還要難過呀？」伍邵凱盡量不讓眼前的氣氛太凝重。

「燒炭自殺，怎麼都沒人發現呢？」在得知我爸的死因後，我也曾經這麼問過自己。沒錯，我爸也是燒炭自殺的，也許這種死法比較沒那麼痛苦吧？

「老闆娘說，昨天她不曉得自己為何感到特別疲累，結果從來沒睡午覺習慣的她居然在樓下客廳的沙發上睡著了。醒過來時，她發現老闆在臥房裡燒炭自殺，而且已經回天乏術了。要不是他留下了遺書，老闆娘根本不相信自己的丈夫會自殺，唉，我也是啊……」

「唉……」我也忍不住嘆氣，「那打工的事……」

「老闆娘說，便利商店會暫時休業，生活上有太多事情要整理和重新調整了。一切等她從老家回來之後再做打算。」

「也對啦，那你的生活費怎麼辦？」

「唉，我也在煩惱這問題，不過沒關係啦，人家不也常說嗎？船到橋頭自然直。」

「真的沒關係嗎？唉，老闆的事你也別太難過。」我拍拍他的肩。

「我沒關係啦，活著的人總得想辦法過日子啊！」他又在強顏歡笑了，「快點吃啦，我都快餓死了。」

「嗯。」點點頭，我沒再多說什麼。

不過，有件事我始終放不下，那就是莫名其妙出現在後山的那條野狗。雖然逮捕凶手並不是我的職責，但我好想為蘇悅慈做點什麼，怎麼說人家也曾經請過我吃巧克力啊，而且還是那種進口的黑巧克力。再說，牠也是害死丘靜宜學姊的「凶手」，絕對不能再讓牠出來逞凶了。

「伍邵凱，我想去個地方。」

從食物中抬起頭，他好奇的問：「去哪？」

「學校的後山。」

「欸？」

「我要把那條作惡的野狗揪出來。」我握緊筷子。

沒想到正愁沒地方發洩的伍邵凱竟一口答應了，還說找到那條野狗後要狠狠的圍毆牠洩憤。

嘖，現在的大學生怎麼都這樣暴力？

※……※……※……※

吃過晚飯，重新回到學校時，已經是夜晚時分了。

「喂，你會迷路對吧？千萬別離我太遠啊。」見我一跳下野狼就拚命往後山衝去，伍邵凱有些不放心的叮嚀我。

……討厭的烏鴉嘴！

但是我真的不知道自己衝到了哪邊去，還要他上前來像拉頭蠻牛般拉住我，然後忍住很想要大笑的表情說：「這邊啦，我來帶路。話說你想去上次學姊墜崖的地方嗎？」

「對，因為那時候，野狗就在那邊出現呀。」跟緊他，我這麼說。

「可是蘇悅慈出事的地點，跟那邊有段距離吧？」

「我不知道，總覺得牠會在那邊。」

「第六感喔？」

「直覺吧。」

上山的路有點難走，加上伍邵凱選的路線好像沒人走過，我們只能一邊避開那些雜草，緩步而行。

「找到的話，先讓我揍兩拳喔。」他跟我約法三章。

「喂，要是你先下手，牠早就掛了。」我可不是沒見識過伍邵凱的身手，絕對絕對在我之上，那條野狗雖然凶猛，但到底也只是一條野狗，可能挨不了他兩拳。把「凶手」直接幹掉，說不定還會換來嚴克奇一頓臭罵。

「我會手下留情啦。」微微一笑，他繼續往前走。

入夜的後山非常安靜，連風吹過的聲音都聽得一清二楚，沙沙沙的一直擾亂我的思緒。

突然覺得自己有點衝動……這裡可是剛死了兩個女生的地方，而且還是冤死、死得很慘的那種！如果她們的鬼魂突然出現，我大概會直接被嚇昏吧？

「喂，伍邵凱……」我不由自主來到他身後，拽著他衣襬想要找點安全感。

「幹嘛啦？」

「你相信這世上有鬼嗎？」我小聲的問他。

「幹嘛？」他的表情告訴我，他好想放聲大笑，「你該不會以為能在這裡看到學姊或蘇悅慈的鬼魂吧？」

「呃，是有想過啦。」我大方承認。

就在此時，背包裡的手機毫無預警的響了起來，結果我們兩個都被嚇了好大一跳，然後我還聽見他小小聲的「幹」了一下，再拍拍胸脯定驚。

「趕快接電話啦！」見我像是少了三魂七魄的樣子，他沒好氣的催我。

「喂？幹嘛啊？」我差點被你嚇死啦，顧宇憂！

沒錯，那是顧宇憂的專屬鈴聲。

「這時候你應該已經結束打工了吧？為什麼還沒回家？」

討厭，又想來約束我。

「呃，我跟伍邵凱在一起。」我抓抓頭，答非所問。

「在哪裡？」他直接問重點。

「就在外面走走啦。」

「讓他聽電話。」聲音很冷。

「他、他沒空啦。」他明知道伍邵凱不會對他說謊，這招果然夠狠！「我、我在學校的後山啦。」我妥協的嘆了一口氣，下次沒事最好把手機落在家裡好了，可以省下很多麻煩！

「後山？」聲音稍微有點起伏。

慘了，他一定會罵我的。

「為什麼去後山？那邊很危險。」貓男的語氣有點重。

「哎唷，我三兩下就可以把那條野狗打趴啦，況且伍邵凱也在這裡，你放心啦。」我好想立刻掛斷電話。

「野狗？你去後山找那條野狗？馬上給我……」

噗！我居然說溜了嘴！這分明是不打自招啊，豬頭！正在想著如何補救時，沒想到電話居然給我斷線，硬生生的切斷了顧宇憂那道險些把我冰凍的聲音。

拿起手機一看，發現這裡完全沒有訊號後，我不知在心裡歡呼了多少回。

「喂，被發現了吧？那還要不要繼續？」伍邵凱涼涼的問。

「當然要啊。」反正收訊不好，我索性把手機關了，然後收進背包裡，拍著伍邵凱的肩繼續說：「都已經來到這裡了，當然不能空手而回啦，那傢伙就讓他在家裡跳腳好了。」

伍邵凱露出一副「真拿你沒辦法」的表情，無奈的抬腳前進。「越過前面的斜坡就是了。」他指了指前方的路。

好不容易爬到丘靜宜學姊曾經滾落的斜坡上面，我好像看見一些白色東西在不遠處的野草堆裡隨風飄揚。再旁邊一點，不就是學姊墜崖的地方嗎？

「咦？那是什麼？」伍邵凱停下腳步。

欸？連你也看見了？這麼說來，我沒眼花是吧！我腦海裡開始勾勒出那些女鬼在電影裡頭的造型，說有多恐怖就有多恐怖。那些女鬼都很喜歡穿著白色、看起來有點輕飄飄的裙子沒錯吧？

感覺全身起了雞皮疙瘩，我努力克制住想要尖叫的衝動，立刻抓著伍邵凱往回跑。

「喂喂，你幹嘛啦？」

「見鬼了啦！」我頭也不回的說。

「不是啦，可能是你看錯了，說不定是個人……」

「三更半夜誰會來這種地方啊，況且還是個女生！一定是學姊的鬼魂！不，也許是蘇悅慈的！」不管是血肉模糊的身體或臉蛋，我都不敢恭維。

「喂，你別亂衝，小心迷路！我對這一帶沒有熟悉到可以隨便亂跑啦。」伍邵凱一個踉蹌。

「迷路總好過被嚇死啊！」趕緊扶住他，我完全沒有要停下來的意思，繼續往前跑。

「元澍！是你嗎？」

身後的女鬼好像追上來了，伍邵凱的身體也不由得一震。

「真的是學姊嗎？」他小小聲的問我。

該不會是我還沒答覆她的告白，她死不瞑目吧？我可不想被一個女鬼纏身啊！我真的好想哭！老爸，這種桃花運我寧願不要啊！

「你們怎麼突然跑掉了？我是盧小佑啊。」

聞聲，我與伍邵凱幾乎是同時停下腳步，然後一起回過頭去。那個女鬼……不，盧小佑有些慌張的跑向我們，還不時對我們招手。

「盧小佑？！」

見我們不再沒命似的逃跑，她也停了下來，然後摀著胸口激烈喘氣。

「你們……幹嘛一看到我就跑？」

「都是元澍啦，他……」

為阻止他破壞我形象，我用手肘用力拐了他肋骨一下，他整個人痛得彎下腰來。

「沒有啦，因為時候不早了，我們要趕著回去。奇怪，妳為什麼會在這裡？」

「想要找個地方走走和吹吹風，不知不覺就來到了這裡。」笑了笑，她解釋。

「可是這裡很危險哦。」沒想到她膽子這麼大，要是遇到那條凶悍的野狗，該如何是好呢？

「我知道啊，下午聽同學說了蘇悅慈的慘劇，不過你們放心，我有隨身攜帶木棍。」她跑回剛才的地方，從地上撿起了一根棒球棍。

沒想到她有備而來，看起來比我聰明多了。

「對了，你們又為什麼會來這？」她突然驚覺我們也不該出現在這種地方。

「散步啦，這裡的風景很不錯呀，呵呵。」我的話聲一落，身後的伍邵凱冷哼一聲。

哼什麼哼，這是善意的謊言好不好！

「這裡有點冷，我要回去了。」盧小佑在手心呼了一口暖氣，然後開始磨擦手心想要取暖。

脫下外套，我替她披上，雖然我也覺得有點冷，不過剛才做了「激烈」運動，身體已經稍微暖和了。

「你不冷嗎？」她紅著臉低下頭來。

「沒關係，妳留著穿。」

「喂，我們可以走了吧？」某人露出了曖昧的笑容，用力拍我肩膀。很痛啊！臭小子！

「嗯，末班車就要開走了。」

盧小佑說完，率先邁開腳步下山，我與伍邵凱隨後跟上。在盧小佑轉身之際，我用力拍了伍邵凱的後腦勺一記。顧宇憂說過我這人很記仇，說不定是真的。

一路上，盧小佑保持緘默，微涼的山上，只傳來我跟伍邵凱打鬧的聲音。

回到校門口，已經是半個小時後的事了，誰叫我們兩個大男生一路上打打鬧鬧，耽擱了不少時間。而校門口除了停著伍邵凱的那輛野狼之外，還有一輛熟悉的銀色進口車。

車子的司機把身體倚靠在車頭，正在忙著撥電話。他聽見聲音回過頭來時，那張原本就沒什麼情緒的臉看起來有點駭人，而且還夾帶著一絲憂心。

是擔憂的表情沒錯吧？我還以為自己被嚇傻了，連視覺都出了問題。

「喂，你怎麼來了？」該不會打不通我手機，特地跑來學校找我吧？

向旁邊兩人點頭示意後，他把目光轉向我，「剛好經過，看你被野狗叼走了沒。」說完立刻打開車門準備上車，「上車吧。還有盧小佑，要不要送妳一程？」

「盧小佑由我來送吧。呵呵，妳不介意坐機車吧？」伍邵凱搶著回答。

「呃，不必麻煩了。」她連忙搖手兼搖頭，「我可以自己搭公車。」

「我們怎麼能讓妳一個女生獨自搭公車啦，況且學長都已經開口了……」伍邵凱大概發現顧宇憂的臉色不怎麼好看，沒命似的拉著盧小佑走向自己的野狼，然後迫不及待的向我們揮揮手道別，「喂，你們晚安囉。」

留下了一堆灰塵，他們很快就消失於黑漆漆的路上。

「走吧。」

等顧宇憂上了車，我才慢吞吞的來到副駕駛座外面，有些忐忑的開門坐進去。

「去後山走走是吧？」

他的聲音聽起來很輕鬆，可是卻像一塊大石壓在我胸口上。

「呃，是啊，夜遊，呵呵。」我說完還乾笑兩聲，然後試圖轉移話題：「對了，那天夜遊的時候，你不知道伍邵凱身上發生了一件很爆笑的事吧？哈哈哈……」

「什麼事？」

這一招好像成功轉移了他注意力，沒再追問剛才的事。我大喜，更加賣力的「出賣」伍邵凱：「那晚居然有學長把伍邵凱當成女生，還向他告白咧，哈哈哈……」我也很努力在裝笑。

「然後？」他好像很有興趣，忙著開車之餘還追問我下文。

「後來當然被他狠狠揍了一頓啦！哈哈哈！換作是我，也會發火啦，那學長眼睛是瞎了嗎？居然把大帥哥看成了大美女，哈哈哈……」

「還有嗎？」

「還有什麼？」我邊笑邊問。

「趣事。」

「趣事是沒有啦，不過便利商店老闆突然自殺了，我和伍邵凱暫時沒地方好打工了。」

「自殺？欠債嗎？」他半瞇起眼。

「老闆娘沒說，應該不是債務問題吧。不過，他跟我爸一樣是燒炭自殺的。」

「燒炭……嗎？」他若有所思的重複這兩個字。

「怎麼了？」

「沒什麼，這年頭燒炭自殺的人不少。」他輕輕說著。

對啊，我也這麼認為。

「還有呢？」見我沒說話，他突然這麼問。

「其他事嗎？呃，好像沒有了。」雖然我已經絞盡腦汁想找話題聊，但我們之間好像只能這樣，除了一些重要事件，就沒有其他東西可聊了。對於這個神祕的傢伙，也只能是這樣吧？

「那就回到夜遊的話題。」

很好。轉移話題失敗，這傢伙根本就不打算放過我。

「給我從實招來，你們打算去後山找出那條野狗，然後把牠『人道毀滅』？」一樣是冷冷淡淡的分析口氣。

這貓男果然是我肚裡的蛔蟲！

「你們跟盧小佑約好一起過去的？」

看啊！開始逼供了！

「沒有啦，我們剛好在那邊碰到她。」我把自己在後山巧遇她的經過說出來。

顧宇憂不由得皺起了眉頭，警告道：「這個女生，你要當心一些。」

「為什麼？你該不會懷疑她跟學姊的死有關吧？丘靜宜學姊是意外墜崖的。」你就是喜歡針對盧小佑！

「戴家的連環命案，說不定跟她有關，雖然所有證據都對她有利，但我卻覺得那些證據好像有點太過完美了。況且那個房東，也就是吳義被人襲擊的案子，警方那邊一直沒有進展，而且他本身也還沒醒過來，所以我們不能對盧小佑怎樣。」

「哼，說來說去你就是對她有偏見！那個維爾森的嫌疑也很大啊，再說啊，我還懷疑羅彩意和蘇悅慈的死跟他有關，以掃除那些煩死人的狂蜂浪蝶。可不是嗎？那天羅彩意跟他出去之後，就突然自殺了，然後同個晚上，蘇悅慈也死了。」

「蘇悅慈是被野狗咬死的，不是人為。」

「可是他可以放狗殺人啊。」我強詞奪理。

「維爾森那邊我以人格擔保，絕對不是他。」他冷靜的說。

「那我也可以以人頭擔保，盧小佑不可能做出那些殺人的行為！」我的語氣很衝。

「元澍……」他語氣無奈，「你對我好像有什麼不滿。」

當然不滿了！想起那天在商場停車場發生的事，我仍心有餘悸，卻又不能當面質問他。這兩天接二連三發生了這麼多事，害我都沒時間坐下來好好想想。

「沒什麼啦，你多心了。」別過頭去，我索性不去理他。

「野狗的事，別再想著要去冒險，警方那邊會跟進的。」

「……」繼續我的無聲抗議。

見我不再說話，他也變沉默了。然後，我聽見了一聲很輕、很輕的嘆氣聲。

‧第六章‧

接二連三的意外

自從維爾森來我們學校當教授之後，
就開始傳出了女生意外身亡或自殺事件，說不定……

「不行，我忙斃了……抱歉，我對女生真的沒興趣，我已經有個同居男友了喔，噢不，是兩個……沒騙妳啦，一個是那個很酷很冷漠的顧宇憂喔，他是女生們又愛又恨又不敢靠近的對象，妳們一定知道吧？另外一個就是長得很可愛的元澍小弟弟啦……吶，不相信的話隨時歡迎妳來我家做突擊檢查喔……」

一踏入玄關，耳邊傳來了某人聊電話的聲音。抬頭，某個教授正舒舒服服的霸佔整張三人座沙發，躺在上面與手機另一端的人打情罵俏。聽到最後，我幾乎要抄起椅子直接摔向那個人。

什麼同居男友啊，幹！

可是旁邊的人握住了我手上的椅子，把椅子歸位，然後對我做了個噤聲的動作，再走進廚房打開冰箱。

咦？等等，同居男友？難怪昨天一坐進那傢伙的休旅車，旁邊會出現許許多多想秒殺我的眼神，原來他……

喂，現在是怎樣，為何顧宇憂對於某教授那令人髮指的行為無動於衷？難道這貓男也在默認我們的「同居」關係？

悻悻然來到廚房，顧宇憂直接遞了罐裝咖啡給我。

「你什麼時候看過我喝咖啡啦？」我最討厭這種又苦又難喝的飲料。

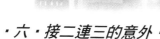

他又從冰箱裡拿出鮮奶，然後問：「加熱嗎？」

「不必。」直接接過鮮奶，我拿了個杯子倒滿一杯，再把剩下的放回冰箱。

「剛才我出去前，他已經在講電話了。」拉開罐裝咖啡的拉環，他這麼說。

「誰呀？」能講到現在，看來對方真的很能講，呃，那個維爾森也很厲害啦。

「校內的女生，護理系大一的杜禾珊。」

喔，我記得她，昨天託我轉交情書的三個女生當中，她是其中一個。沒想到她如此神通廣大，竟能查到維爾森的手機號碼。

「那另外兩個呢？」我隨口問問。

「已經拒絕過她們了，可是看樣子好像還不死心。」

現在的女生，毅力不容小覷。

「自尋煩惱，呵。」我有點幸災樂禍，「逼不得已，他只能撒謊自己是同志？」原來是我誤會他了。不過，用這一招來打發女生，真的很殘忍。

「不一定，他的性取向我不是很清楚。」顧宇憂不以為意的說。

「欸？」我錯愕了一下，「這麼說來……」靠，維爾森說我可愛，難道是真的對我有意思？

不不，他也稱讚顧宇憂長得很帥啊。

……不行，沒事還是別靠近那個傢伙，況且我還懷疑他是殺人凶手咧。

「啊，累死了。」沙發上的某人好不容易結束通話，像個遊魂似的「飄」來了廚房，搶過顧宇憂手上的咖啡猛灌。

漫畫裡常說，喝別人喝過的飲料，不就等於是間接接吻嗎？！他、他……

飲料被搶走的貓男，不以為意的再次打開冰箱，又拿了另一罐咖啡，然後繼續享用。

「講了超過一個小時的手機，渴死我了，而且手機還沒電了！」他哀號，然後把整個身體掛在我身上，「元澍，下次再有情書的話，拜託你幫我拒絕掉吧，直接說我們是情侶關係就好了。」

「喂，放開我啦，你這個變態！誰是你情人啊！」我直接一巴掌推開他的臉，可是他身體還是巴著我不放。

「拜託你啦，不然我只好把她們全都殺掉喔，嘿嘿嘿。」說完，他露出令人毛骨悚然的冷笑。

有那麼一瞬間，我感覺身上的雞皮疙瘩掉了一地。

「別鬧了。」顧宇憂手上的咖啡罐直直落在維爾森的頭上，痛得他馬上從我身上彈開。

「哼，還真不懂得惜玉憐香。喂，元澍，我們就這樣約定啦！呼，過幾天要去法醫部報到了，得先整理學校的教材才行。」說完，他把已經喝完的飲料罐投進垃圾桶裡，再向我眨了眨眼後，走進自己房間。

去你的約定，別想拖我下水！

某人一關上房門，我疑心大起的轉向懶洋洋靠在冰箱門上的貓男，「聽到了嗎？他說要殺掉那些女生！正常人哪會說出這種話啊？」

「只是說說而已。時候不早了，早點睡吧，明早八點半一起出門。」喝完最後一口咖啡，眼前這個紅眼少年也把空罐丟進垃圾桶，跟著走進維爾森的房間。

欸？他……走錯房間了嗎？

這種情況，令我想起他們一起出現在商場的畫面。實在想不通，這兩個人到底有什麼祕密瞞著我啊？

※ … ※ … ※ … ※

A市的夏天特別悶熱，也許是大都市的關係吧，這裡到處都是高樓大廈，綠色植物或草皮的面積只佔了少部分。

．六．接二連三的意外．

坐在講堂裡，感覺裡面的冷氣沒什麼作用，單薄的T恤早已被汗水浸溼了。悶熱的空氣喚起了我體內的睡蟲，好睏……

朦朧間，耳際傳來了「轟隆！」一聲巨響，然後地面跟著微微震動，桌子也是……不！是整棟建築物都在激烈搖晃！

咦？打雷嗎？還是地震？海嘯？！

巨響過後，像是受到驚嚇般的尖叫聲此起彼落，然後是集體跑出走廊的腳步聲，紊亂急促。

「發生什麼事了？」連教授也停下了寫板書的動作，邁開腳步走去門口查看。

「聲音好像是從樓下傳來的！」一些好事之徒開始離開座位，走出講堂到走廊上，盯著不停冒出黑煙的樓下。

仍聞風不動坐在位子上的我，隱隱約約聞到了濃煙、瓦斯味和焦味混在一起的難聞氣味。

「快拿滅火器！所有的同學馬上疏散到校舍外的空地上！」不知誰在外面大聲叫喊。不出幾秒，教授回到了講堂，把剛才那個人的話重複了一遍。同學們立刻慌慌張張的離開座位，魚貫湧出了講堂跑下樓。整棟大樓頓時被紊亂的腳步聲掩蓋了，好像大樓在下一秒即將崩塌似的。

從四樓走廊轉入樓梯口時，我看見二樓冒出了滾滾濃煙，很多人拿著滅火器站在門口滅火，維爾森就是其中一人。

不遠處，有些不怕死的同學紛紛駐足圍觀。眼見火勢受到控制，我也加入了「不怕死」行列，來到那些學生後面圍觀，反正沒人趕，不看白不看。

看著維爾森灰頭土臉救火的「英姿」時，我整個人感覺暢快極了。哼，說不定這是上天給他的懲罰，替我出一口氣，哈哈！

「剛剛做實驗時，不知道為何突然發生爆炸。」站在前面的同學小聲的討論。

「這實驗室，是護理系一年級的同學在用吧？」

「對啊，這種事我還是第一次看到咧。」

「應該沒人受傷吧？」

「也許吧……」

同學們紛紛伸長脖子，想要看清楚實驗室內的情況，視線卻被濃煙弄得模糊了。

「教授！裡面有個女生倒下了！」旁邊有個同樣在忙著滅火的同學突然對著維爾森喊話。

欸？有人被困在火海裡面嗎？我微微一怔。

「剛剛你們離開時沒查清楚嗎？」維爾森氣急敗壞的說完，也不管裡面的火勢還沒完全被撲滅，就拿著滅火器直直的衝進去。

可是他前腳才踏進去，裡面又發出了「轟隆隆」的爆炸聲，這次的威力好像比之前的還要猛烈，把面向走廊的牆壁炸出一個大洞來。

「教授！」不知吃了什麼豹子膽，我竟推開擋在前面的同學，揪住維爾森實驗衣的袖子想要把他拉回來，結果我們都被巨大的衝擊力轟了出來，雙雙倒在走廊上。

我的腦袋直接撞到地面，巨大的昏眩感馬上襲來，整個人昏昏沉沉的好想吐。

「唔……」壓在我身上的那個人晃了晃腦袋，也呻吟著爬起身，看來他也好不到哪裡去。

稍微清醒後，維爾森趕緊離開我的身體，開始輕拍我臉頰，「喂，元澍，你沒事吧？有沒有覺得哪裡痛？」

「……頭很痛。」抬起手，我摸了摸被撞痛的後腦勺，全身力氣好像被抽光了。

「可能是撞到頭了，喂，小子，振作一點！」他小心翼翼的檢查我頭部，然後一邊掏出手機撥打電話，大概是叫救護車吧？

後來又跑來了幾個教授，其中兩人在維爾森的指示下把我扶起身。

「先帶他去保健室，等等救護車來了馬上送他去醫院，說不定是腦震盪了。我要回去看看實驗室的那個女學生，希望沒事才好。」

「你的手在流血。」瞥到一抹紅，我指著他的袖子。

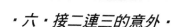

「不礙事。」雖然我腦袋不清醒，卻看見他笑了笑，又折返實驗室。

「啊——」

我在兩名教授攙扶下走沒幾步，不知哪裡又傳來了尖叫聲。拜託別再叫了，我都快要昏倒了。然後，我好像聽見有東西撞到地面，發出了一記悶聲。

誰掉了東西？

不，聽起來更像是身體撞向硬物的聲響？

「不好了！有人墜樓了！」左邊那個教授一副大難臨頭的樣子。

「……墜樓？」我整個人頓時清醒過來，扶著走廊牆上的護欄，我循著教授的視線看向校舍外的籃球場，那邊躺著一個臉部朝上、渾身浴血的女子。

瞠著已失去了聚焦的眼睛，殷紅色的鮮血仍不停的從她後腦冒出來，染紅了身下的地面。我好像曾經看過那張臉，不過卻是笑著遞情書給我的時候……

距離五步之遙的地方開始圍滿了男男女女，他們瞪著籃球場上的女子，臉上盡是恐懼的表情。很快的，有道熟悉的身影撥開人群走向那個早已失去了生命跡象的女子，再抬頭看向正在冒煙的實驗室。接下來，那隻紅色的眼瞳對上了我的眼睛。

現在是怎樣？預演嗎？還是拍災難片？怎麼感覺……好像一下子發生了很多不可思議的事？

「快過來幫忙！」

聽到後方有人呼喊，我緩慢的回過頭，只見維爾森正拖著一個女學生從實驗室裡走出來，身上的襯衫被黑煙熏黑了，臉上也被汗水浸溼，看起來非常狼狽。

原本攙扶我右臂的教授愣了一下，連忙上前幫忙扶起那女學生，還低呼了句「天啊」。天？扶著隱隱作痛的腦袋，我瞇起眼看過去，才發現那女生的眉宇間插了一塊玻璃，鮮血從傷口沿著鼻梁流下，胸前的上衣早已被染了一片紅。她緊閉著雙眼，整個人像是布偶般軟綿綿的掛在維爾森身上，結果連他上衣也報銷了。

她不就是昨晚才跟維爾森聊了超過一個小時電話的杜禾珊嗎？

對啊，她是護理系一年級的學生。可是，她……還活著嗎？這問題不停衝擊著我的腦袋。

我感覺全身細胞被恐懼感緊咬著不放。還有散發自那女生身上的血腥味……我甚至還能聞見樓下那股誘人的鮮血味，鐵鏽般的味道不停刺激著我的感官。

不曉得是不適還是反胃，感覺好想吐。我推開旁邊的教授，撞撞跌跌來到樓梯口乾嘔。

身體好冷，感覺無數寒氣直接從背脊襲向我腦門，好像有什麼東西想要從我身體裡面鑽出來似的。

「同學，你沒事吧？」教授追上來，擔憂的看著我。

「……我沒事……」我有些艱難的吐出這些話之後，身體突然被人扶了起來，我無力的攀著對方的手臂，「教授，我沒事啦……」想要甩開那股力量，卻有點力不從心。

「元澍，我先送你去保健室。」

咦？是顧宇憂？他不是在籃球場那邊嗎？

不等站在一旁的教授回應，顧宇憂早已扶著我走下樓梯。

看了那隻紅色眼瞳一眼，不知怎地，身體被一種安心的感覺包圍住。不再硬撐，我放鬆身心，任由自己的意識被拽入黑暗之中。

※……※……※……※

我在醫院的病床上醒過來。

「唔……」暈眩的感覺不再像之前那般強烈，一睜開眼睛，欲嘔吐的不適感已經消失了。

病床旁邊的椅子上，有個人環著胸坐在那裡閉目養神……還是已經睡著了？

我悄悄坐起身，他好像沒察覺我已經醒過來了，大概是真的睡了吧？怪了，要睡覺就找張沙發躺下來睡嘛，等一下一頭栽在地上也是活該！

「喂，顧宇憂！」我輕輕的推他肩膀。

他幾乎是立刻睜開眼睛，然後用那睡眼惺忪的紅色眼眸看我一眼，再像隻剛睡醒的懶貓咪般伸著懶腰，再運動一下脖子，才坐直身體問我：「醒過來了？」

廢話！我已經醒很久了，啊你眼睛瞎掉了嗎？

「醫生說你只是輕微腦震盪，若沒有嘔吐也沒有失憶，就能出院了。你……還記得之前發生了什麼事吧？」

「記得啦。」鬼才失憶啦。

「你記得自己的名字嗎？」他化身為醫生測試我。

「別再問了，我、沒、有、失、憶！」煩不煩啊你！為制止他繼續無聊，我馬上找問題問他：「喂，我到底睡了多久？」

連自己什麼時候被送進醫院，我都不記得了。

「將近四個小時，身體有些小擦傷，但是沒什麼大礙。」來到床頭為我倒了杯水，他繼續說：「維爾森也沒事，只是手臂被爆炸時震碎的玻璃擦傷了，額頭也掛了彩，這陣子大概不會收到情書了。」

都什麼時候了，居然還拿自己的好友開玩笑……等等，這人也會開這種玩笑？！

但我現在沒空跟貓男討論他的幽默感問題。

接過他遞來的杯子，我刻意忽略他後面的話，繼續追問：「學校到底發生了什麼實驗室突然爆炸，同時也有同學墜樓？」

「意外。」

「她們……應該只是受到輕傷吧？」我抱著一線希望問他。

「都死了。」簡短的說完，他又回到椅子上坐下。

「到底是怎樣發生的？」我心裡發毛，最近學校未免發生太多意外了吧？多得讓人不禁懷疑是不是有人刻意安排的……

「實驗室裡瓦斯漏氣，發生了兩次爆炸，第一次只是輕微爆炸，第二次的爆炸威力比較強，實驗室的玻璃全碎了。杜禾珊，你知道吧？」

難過的咬了咬下脣，我點點頭。

「她在爆炸發生時剛好站在輸送管旁邊，所以首當其衝被震昏了。現場同學只顧著自己逃命，完全忘記她昏倒在那裡，維爾森忙於疏散同學，也忘了檢查有沒有漏網之魚。後來第二次的大爆炸，她的頭部直接被玻璃從後腦勺貫穿，當場斃命。」

貫穿嗎？意思是說，那玻璃從她後腦插入，再從前額刺穿出來是吧？

抖著唇，我完全說不出話來。

「那個墜樓的女生，是醫學系二年級的顏雨希，發生第二次大爆炸後，因受到驚嚇而從六樓墜下，由於頭下腳上，腦袋直接受到重大衝擊，同樣當場死亡。這些都是警方調查後的結果。」

「顧宇憂，你確定她們的死純粹只是意外嗎？」好不容易冷靜下來，我這麼問，「誰會相信？從羅彩意、蘇悅慈，還有早上的杜禾珊和顏雨希……對了，情書！一定是情書惹的禍！你記得嗎？昨晚維爾森不是才說要殺死她們嗎？一定是他！自從維爾森來我們學校當教授之後，就開始傳出了女生意外身亡或自殺事件，說不定……」

「元澍，別做無謂的猜測。」他捏得我手臂很痛，「她們的確死了，而且不是自殺就是發生意外，但請相信我，維爾森跟這些事完全無關，如果硬要說她們的死是刻意安排的，那麼凶手很有可能就是……」

「你又會說是盧小佑吧？她只剩下一隻手，怎麼說也不方便吧？四肢健全的維爾森嫌疑豈不是更大嗎？」況且他還曾經出現在顧宇憂制服魔人的商場，說不定他也跟顧宇憂一樣擁有那些有別於人的……力量。

沒錯，是魔人的力量。

原本想把這些問題一併問出來，但情況已經夠複雜了，我不想把事情變得更糟。況且心裡一直有個聲音在提醒我，千萬不能在顧宇憂面前提起魔人的事，否則後果會不堪設想。

是第六感吧？大概……

「也許她並非你想像中的軟弱和無能。記得嗎？她可以獨自走到學校後山，卻沒被野狗襲擊，但蘇悅慈卻死了。你不懷疑嗎？也許那野狗……是她飼養的。再說，盧小佑跟維爾森都在同個時期到學校報到，為何你不說自從盧小佑來到大學讀書之後，校內的女生就一個接一個的死亡？別忘了，她也許跟之前戴家的命案脫離不了關係。」

我想要反駁，他卻完全不給我說話的機會。

「記得我跟你說過嗎？之前無論是戴亞金、戴維、戴亞爾或那六個屬下，全都有共同點，那就是他們都是跟你有過一面之緣的人。」

「……可是，後來你不是說那些都是巧合嗎？」他為什麼要重提這件事？不安的感覺在我心底擴散著。

「想想這一次，從羅彩意、蘇悅慈、杜禾珊到顏雨希，也全都跟你有過接觸吧？」紅色眼睛直勾著我瞧，「別忘了，還有那個叫吳義的房東。」

張著嘴，我找不出反駁他的話。那些女生，的確都拜託過我轉交情書給維爾森，除了蘇悅慈，但她卻請我吃巧克力。

雖然我沒跟吳義吵過架，至少也跟他見過面。

「元澍……他們全都是因為你而死的……」

「那些人是因為你才死的……只有讓自己的手染滿鮮血，才能停止這一切……」

腦海裡，又突然浮現這些話，這些……戴欣怡學姊曾經對我說過的話。

而盧小佑……

「不，如果這些都是人為的意外，我還是不認為是盧小佑做的，況且她在事發時都不在現場啊。」我很肯定，她是個擁有菩薩心腸的女孩，不可能會殺人。

「這正是我奇怪和困惑的地方。」他突然拎著我衣領，把我帶離病房，「跟我來！」

「去、去哪裡啦？」該不會直接拖著我當面跑去質問盧小佑吧？

「去找戴欣怡問清楚。」

戴欣怡？自從學姊她被警方移送法辦之後，就一直被收押在牢獄裡謝絕保外。去找她？拜託她可是個殺人兇手呢！況且還有個同謀仍逍遙法外——那個神祕女兇手！

可是，她怎麼可能說實話呢？

離開醫院來到停車場，我被突然變成急性子的貓男塞進副駕駛座上。車子引擎發動時，他還不忘事先要打聲招呼，撥了通電話給嚴克奇，要對方安排我們跟戴欣怡見上一面。

車子一路風風火火的開到警局。下車後，嚴克奇帶著我們走進探監室，裡面只有一張長方形的桌子，桌子兩邊各擺著一張長凳。

第一次來，周圍有種令人窒息的壓迫感。

我在其中一張凳子上坐下，身後的角落各守著一名身穿制服的警察。

過了約莫五分鐘，房門再度被人推開，看起來比之前更加纖瘦的戴欣怡帶著空洞的眼神來到我們面前，在對面的椅子上坐下。她的整條左手裹了石膏，看來那天被我折斷的骨頭還沒有完全痊癒。

「好久不見，阿宇。」漾起好看的笑容，她的眼神落在顧宇憂身上。

「告訴我，為什麼要選上元澍？」顧宇憂問了個莫名其妙的問題。

「元澍？呵呵……」不以為意的笑了笑，她把長髮勾向耳後，繼續說：「怎麼了？你很想保護他？你的保護欲未免太強了吧？」

「說重點。」他面無表情的盯著眼前的女生。

「被你們關在這裡，我已經無話可說了。」

「妳的同謀打算接手妳的任務，繼續殺人嗎？那個人是盧小佑吧？」

「呵呵呵，你認為我會告訴你嗎？不過我可以稍微透露，只要達成目標，殺戮就會停止。元澍，記得我告訴過你的嗎？」把視線轉向我，她嘴角露出了冷笑，「只有殺了我，讓你的手染上我的鮮血，才能阻止這一切……我說過了吧？放過了我，將來你一定會後悔的……哈哈哈哈、哈哈哈哈……」說完，她開始放肆的大笑起來。

瞥了我一眼，顧宇憂慢條斯裡的站起身，走向門口。

「顧宇憂？」我疑惑的看著他，又看了一眼笑得趴倒在桌面上的漂亮女生，那個我曾經仰慕的女神，此時的她看起來既狂妄又可怕。

幾乎是馬上斂回目光，我追著顧宇憂的步伐離開這裡，逃離那令人毛骨悚然的笑聲。

跟嚴克奇打過招呼之後，顧宇憂冷著一張臉，直接走向車子。

「喂，顧宇憂，是不是問到什麼了？」嚴克奇追出了警局，擋住了他的去路。

「之前的那些女學生，很有可能是被人謀殺的，但凶手卻刻意製造出自殺或意外的假象，試圖掩人耳目。」轉過身，他直接說重點，然後才把剛才跟戴欣怡的對話說出來。

「凶手那邊，已經有眉目了？」某警官馬上打起精神來。

「我相信這一切都跟戴家的命案有關係，而且我懷疑盧小佑很可能是凶手。對了，房東吳義那邊，可能需要看緊一點，說不定盧小佑會殺人滅口。」

「你想到了什麼？」

「如果死的人全都跟元澍有過接觸，那麼吳義也是其中之一。我甚至懷疑，丘靜宜也是被人殺害的。」

「是元澍嗎？」嚴克奇以一種很怪異的眼神看著我。

別說嚴克奇了，現在連我自己的表情都十分震驚。

對啊，哪怕只跟我有過一面之緣的人，全都成了一具具冷冰冰的屍體。只是我沒想到，連丘靜宜學姊也有可能是遭到謀殺！

「那幾起命案，麻煩你再跟維爾森研究看看有沒有可疑的地方，至於盧小佑那邊，我這邊會多加留意。」顧宇憂點點頭。

「好，沒問題。」拍了拍顧宇憂肩膀，嚴克奇馬上回去警局裡。

「走吧。」顧宇憂的話令我回過神來，跟著他回到了車上。發動引擎後，他又問道：「那些話，為何不早說？」

這貓男指的，是那些要我手上染著別人的鮮血才能阻止這一切發生的鬼話嗎？這要我怎樣說出口嘛，我可不想被人當成精神分裂症的病人。不過，既然已經被說穿了，我也老實交代了自己腦海裡曾經浮現過的這些話。

「可能只是我的幻覺而已啦……」我在後面補上了這一句。

「不是幻覺。」他很快就打斷了我的話，「你的確是聽見了那聲音吧？」紅色眼睛直直的看進我眼裡。

的確，那聲音清晰易辨，絕對不是幻聽。

看著他，我輕輕的點了點頭，「而且還不止說一遍。」

他若有所思的轉動方向盤，說：「別再接近盧小佑了，聽見了嗎？」

「呃，好啦。」雖然我不相信她是凶手，可是見顧宇憂一臉認真的叮嚀，我也就沒說出任性的話。

※ … ※ … ※ … ※

吃過午飯，把我棄於公寓樓下，顧宇憂說他下午有重要的課要上，就直接離開了。

我這個下午既沒課又不必去打工的閒人，轉身踩著懶散的步伐，搭電梯上樓回到了熟悉的屋子裡。

頭還有點暈，背靠著牆，閉上眼，我盡量不去回想那些詭異的事情。但是，顧宇憂的話又再次鑽進我腦海裡——

「告訴我，為什麼要選上元澍？」

這麼說來，難道這些命案背後的原因，顧宇憂全都知道嗎？那些人的死……不僅是單純的凶殺案吧？

還有，剛才嚴克奇的表情彷彿在告訴我，他也是個知情的人。為什麼就我一人被蒙在鼓裡？不行，等等看見顧宇憂時一定要問個明白。現在腦袋很沉，先讓我再睡一會兒吧。

轉身來到瀰漫著熟悉味道的房間，我幾乎是一倒下去就直接呼呼大睡了……

不知過了多久，突然有人拽著我的肩膀用力搖晃，害我連午餐都差點吐了出來。

我痛苦的睜開眼睛，是那個該死的呱噪凱！

「住、住手啦！暈死我了！」扳開他的手，我頭昏腦脹的扶著額頭坐起身，「幹嘛啦？沒看到我在睡覺喔？」我直接開罵。

「剛才見你睡到不省人事，以為你在睡夢中安樂死掉了啦。」他急急的說。

「去你的安樂死！」真想一腳把他踹出窗外。

「下午在學校遇到顧宇憂，他說你被屍體嚇昏了，要我一下課就趕過來看著你，他有點事，可能沒那麼早回家。」

啥？那個傢伙說什麼？我被屍體嚇昏？他一定是故意的！豈有此理！

「才不是啦，我是被爆炸的衝擊力彈開的。」我搓了搓臉。

「是嗎？」他一臉懷疑的看著我。

……可惡！

為避免下次在睡夢中被搖死，看來我要跟另外兩個同居人商量下換門鎖的事了。真後悔之前給了伍邵凱一把備用鑰匙。

「現在幾點了？」不再討論那個沒營養的話題，我看了一眼手上的手錶。

「已經五點多了，我五點才下課。」

「今天很晚咧。」

「對啊。喂，肚子餓了，去吃晚餐吧。」伍邵凱拍拍我的肩，率先走出房門。

老實說，我也挺餓了，二話不說便跟著伍邵凱下樓去了。

一起騎著野狼來到稍遠的地方，有另一個夜市，我們選擇在此處解決晚餐。

「對了，元澍，你有沒有想過找一份新工作啊？畢竟生活費可不會自動從天上掉下來。」一邊走向夜市，伍邵凱垂下了好看的眼睫毛，看起來很煩惱。

對喔，伍邵凱跟我不一樣，他是個無父無母的孤兒，沒有老爸留下來的遺產可以暫時充作生活費，不打工的話很有可能會活活被餓死。再說，他每個月也需要繳房租吧？

「唉，如果不打工，我的儲蓄可能會撐不過一個月啊。」他繼續哀號。

我正想告訴他，不方便的話我可以先借錢給他周轉，沒想到他突然「咦」了一聲，然後像隻白兔般豎起耳朵，不曉得在偷聽哪對情侶的綿綿情話。

可不是嗎？來逛夜市的人，大多是成雙成對的情人，哪像我這麼慘，拖著一個長得比我還帥氣的美型男子到夜市吃東西。

「聽見了嗎？有聲音。」

「有嗎？」我有樣學樣的停下腳步仔細聆聽，好像真的有聲音咧，而且是孩子哭泣的聲音。

「快去看看！」說完，他立刻邁開腳步跑向前方，而且越跑越快！

我不明就裡的跟在他身後一起跑，隨著他拐入了一條巷子裡，裡面隱隱約約傳出了孩子哭哭啼啼、夾帶著男人淫賤的笑聲。

「快把錢拿出來！」

「刀子可不長眼睛喔，弄花了你的臉可就糟了！呵呵呵……」

「別碰我姊姊！嗚嗚……」

「你們是大壞蛋！我要叫警察叔叔來把你們抓進監牢裡面！」

「你們這兩個死孩子！給我走開啦！」

「哇——好痛！嗚嗚……」

我們不知拐了多少大大小小的巷弄，才看見前方出現了五條人影。

接近黃昏時分，天色已開始暗了下來，在巷子裡微弱路燈的照耀下，我無法看清楚那五個人的樣貌，卻不難辨認是兩個男人、一個少女和兩個年齡不到十歲的小孩。那兩個手上拿著刀子的男人正在對少女上下其手，而那兩個小孩一直拚了命的想要保護少女，卻反被男人推倒在地。

豈有此理！竟敢對手無寸鐵的少女和小孩動手？

不等伍邵凱反應過來，我已經朝向前面的人影拔腿狂奔，然後抬腳踹向其中一個臭男人的腦袋，對方的身體馬上飛出二十公尺遠，摀著頭部發出痛苦的呻吟聲，沒兩下子昏了過去。旁邊的男人眼見同伴倒地不起，頓時嚇得目瞪口呆，可是他還來不及喊出聲，就被伍邵凱轟了出去，跟他的同伴送作堆。

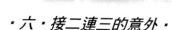

「爛傢伙，給我待在那邊等警察來收拾吧！」

伍邵凱拋下這些話，轉身想要跟我擊掌時，剛剛那個被伍邵凱轟走的傢伙居然若無其事的爬起身，兩眼猙獰的瞪著我們。

咦？他剛才的表情完全反應了他體內懦弱的神經，可為什麼挨了伍邵凱一腳，反而變了個樣？他學過變臉技能嗎？

很快的，他吼叫一聲後衝向我們，一副勢不可當的樣子。

「元澍、伍邵凱！」熟悉的叫喚聲，從少女口中喊出來。

回過頭，我才驚覺那個少女不是別人，正是盧小佑！

「你們先離開這裡！」伍邵凱踏前一步，護住了身後的盧小佑與小孩，然後大喊：「快找個安全的地方躲起來！」

眼見那個男人來勢洶洶衝向我們，盧小佑不敢怠慢，馬上牽著兩個孩子沒命似的跑出巷子。

「你太遜了吧？還沒吃飯嗎？」

我壞壞的轉向伍邵凱奚落他一番，再握緊拳頭打算把對方送回原來的地方時，伍邵凱卻一把推開了我，搶在我前頭說：「這傢伙是我的！」說完，隨即衝向對方，來個迴旋踢和連環拳頭。

沒想到對方竟巧妙的避開伍邵凱的攻擊，還露出輕蔑的笑容說：「太嫩了！」然後手上的刀子一劃，閃避不及的伍邵凱手上立刻出現一道血流如注的口子，再被對方一腳踢到了牆邊。

那男人的動作太快了，在我回過神時，伍邵凱已經躺在地上掙扎著想爬起身。

怎麼可能?以伍邵凱的身手，怎麼可能會輸給眼前這個看起來像隻大笨象的男人!

見伍邵凱暫時對他毫無威脅之後，那個男人把目光轉向我，眼裡迸出了可怕的殺氣。

「元澍……快帶著他們離開這裡，去找救兵……」伍邵凱勉強的吐出這些話後，隨即噴出了一口鮮血。

「伍邵凱!」我大吃一驚。

「你們誰也逃不掉，乖乖受死吧!」那男人露出了嗜血的表情舔了舔刀口上的鮮血，鬼魅般的身影立刻撲向我。

我沒什麼信心迎戰，小心翼翼避開他手上的刀子，只守不攻，可是他的速度太快了，我身上被刀子劃出了幾道血痕。

「元澍……快攻擊他要害!記得我跟你說過嗎?要制服敵人，就要快、狠、準的瞄準他要害，別再猶豫了!」在一旁觀戰的伍邵凱心急如焚的大喊。

這樣做的話，會一個不小心把對方幹掉的啊!

不過，如果不狠下心的話，說不定我和伍邵凱都無法站著離開這裡。

沒想到一個分神，我的腹部硬生生的挨了他一腳。我的身體在空中劃出一個漂亮的弧度，再重重的摔向地面，好痛!

我還沒來得及喘口氣，那個人就以不可思議的速度來到我面前，舉起刀子，眼見就要刺進我的身體！

我不敢置信的瞪著那張非常可怕，彷彿像被惡魔附身的男人的臉……說時遲那時快，伍邵凱飛身撲了上來，一手勒住了男人的脖子，再一個手刀砍向他握著刀子的手，男人手上的刀子立刻掉在我身旁，還發出了清脆的聲響。

「吼——」男人發出了震耳欲聾的咆哮聲。

「元澍！快拿起地上的刀子，一刀刺進他的心臟！快！」眼前的伍邵凱看起來很狼狽，下巴和上衣染著血。那隻勒著男人脖子的手臂正汩汩的流出鮮血，染紅了男人的上衣。

「我……」我聞到了鮮血的味道，可是那味道太淡了，如果可以有更多的鮮血瀰漫於空氣中，一定很棒……

「吼——吼——」

男人的怒吼聲把我從剛才可怕的想法中拽出來……該死！為什麼我竟然對鮮血產生了莫名的興奮感？

「元澍！」

那個男人開始掙扎和反抗，眼看伍邵凱就快抵擋不了對方的反抗。要是被他掙脫伍邵凱的箝制的話，說不定……

我伸出微微顫抖的右手，拿起地上的刀子，正想瞄準男人的心臟一刀刺進去時，耳邊忽然傳來「砰！」一聲巨響，那個正在發飆的男人再也發不出任何聲音，身體緩緩朝向右邊倒去。

我和伍邵凱愣了一下，發現去而復返的盧小佑手裡握著一根木棍，上面染了一些血跡，大概是那個男人的血吧？

她看了看我們，又看了已被她擊昏的男人一眼後，立刻尖叫一聲，然後丟下木棍退至牆邊。

「他、他是不是已經死掉了？我是不是下手太重了？剛才我一心只想救你們，忘了控制手上的力道……」她嚇得渾身發抖。

「只是昏過去而已。」伍邵凱探了探男人的鼻息，露出一個大大的笑容，然後癱坐在地上大口大口的喘氣。

我丟下刀子，也無力的躺回地上，慶幸自己死裡逃生。

「啊，你流血了！」驚魂未定的盧小佑見伍邵凱按著手臂露出痛苦的表情時，馬上撕下裙襬的布料想替他止血。

「幸好傷口不深。」她露出一副謝天謝地的表情，替伍邵凱包紮時，她才想起自己忘了道謝，「這次真的非常謝謝你們，謝謝你們救了我和我的小弟小妹。要是沒遇到你們，我不知道該怎麼辦才好。」

「我們剛才也是聽見了哭聲，才會跟進來，沒想到這裡的巷弄這麼多，找了很久才找到你們。」伍邵凱開始跟盧小佑聊了起來，「對了，你們為什麼會在這裡？這一帶有很多壞人，你們要多加小心。」

「那也是沒辦法的事呀，每天這個時候我都要送我弟妹到附近的補習班補習。」她無奈道。

「這裡的治安很亂，可以的話最好繞路走。」伍邵凱叮嚀。

「知道了。」她乖巧的點頭，然後才轉向我，問：「元澍，你沒事吧？咦？你好像也受傷了！」她一臉緊張的看著我身上的刀傷。

「這點小傷不算什麼啦，見妳沒事，我就放心了。」我笑著擺擺手。

連自己都保護不了的女生，怎麼可能會是凶手啊？我忍不住咕噥。

「對了，我剛才已經報警了，警方應該已經在趕來這裡的途中了。」盧小佑補充。

啊？報警了？我很難想像嚴克奇或顧宇憂看見我的第一個表情，究竟是驚訝還是無奈呢？慘了，顧宇憂那頭才叮嚀我遠離盧小佑，這頭卻因為她而受傷，看來耳朵又要被唸了……

·第七章·

狼與凶手

等等，狗糧……你認為狼會吃狗糧嗎？
如果沒有其他的食物，也許會。

「……怎麼可能會有這麼強的劫匪？這種身手，怎麼想都不可能屈身於當個人人喊打的劫匪吧？」坐在急診室外等候醫生為伍邵凱包紮的我即使想破了頭，也始終想不出個所以然。況且連我和伍邵凱聯手都未必有勝算。

那個男人的模樣仍深刻的停留在我腦海裡，簡直像是看見獵物的猛獸那般飢渴的神情，不是常人該有的表情吧？

另一件令我百思不解的事，就是伍邵凱幹嘛這麼心狠手辣？雖然那個人很想置我們於死地，但我也差點聽他的話在對方的心臟捅出個大窟窿！如此一來，我跟那個招招奪命的劫匪有什麼差別呢？

上次我也差點在他的教唆下殺死了戴欣怡學姊啊！想到這，我就不寒而慄。幸好剛剛盧小佑替我擺平了那劫匪，好險！我的手，差點就染了別人的鮮血……

對了？怎麼感覺上伍邵凱跟戴欣怡或那個劫匪一樣，都擁有想置人於死地的「邪念」，甚至把人類的性命當草包、說殺就殺呢？

驀地，我想起了爸留給我的那張惡魔畫像，畫像旁邊寫了這麼一行字——

「每個人心靈裡都住著一個惡魔……」

世上有這麼多人相信著惡魔的存在，但惡魔是否真的存在於這世上呢？惡魔……真的擁有迷惑人類心智，讓人類做出一些傷天害理行為的能力嗎？而與惡魔牽扯上的魔人……

咦？難道那劫匪……是魔人？

我記得那天在商場停車場跟顧宇憂交過手的魔人，無論能力、速度或臉上的表情，與今天遇到的劫匪簡直就是……一模一樣……沒錯，是一樣的！

「怎麼樣？還沒好嗎？」嚴克奇突如其來的聲音，打斷了我的胡思亂想。

「還在裡面包紮。」偷覷了一眼他身旁的顧宇憂，我有些不自然的答話。

「奇怪，那個昏倒的傢伙醒過來以後，居然忘了整件事情的經過。他只承認搶劫，傷人的事他完全沒印象。」嚴克奇語氣無奈的說。

「忘了？他想逃避責任吧！」我稍微抬高聲量，醫院裡的人全都皺著眉頭看向我，護士小姐也給了我一個大大的白眼。我尷尬的咬了咬下唇，低聲說：「他一定是裝出來的！」

「可是他的腦部受到重擊，有輕微的腦震盪。」

「去你的腦震盪！」我咆哮。

「冷靜一點，這裡是醫院。」顧宇憂好意提醒。

「去你的醫院！」我怒了。

「喂，你該不會是因為我掛了彩而心情不好吧？你這樣子，我會以為你已經愛上了英雄救美的我呢！」

該死的伍部凱還有心情調侃我！回過頭，只見他受傷的右手包了一層厚厚的繃帶，再以粉藍色三角巾固定懸掛於脖頸處，看上去比較像是骨折。

「沒有內傷嗎？你剛才吐了這麼多血，噁心死了。」我沒好氣的回他。

「你是這樣對待恩人的啊？」伍部凱佯裝沉下了臉。

「救我的人又不是你，是盧小佑！」

「哇！你該不會已經喜歡上人家了吧？」他誇張的嚷嚷，根本不像受了傷的人。

「要打情罵俏的話，拜託請回家好不好？」嚴克奇出乎意料的配合，打了一個冷顫。

「嚴警官！」當下我真是無話可說，索性閉上嘴巴不說話。

「回家吧。」顧宇憂開口打破眼前尷尬的氣氛。

「嗯，我看你們也累了，先回家休息吧，筆錄等明天再做好了，我會再通知你們的。」嚴克奇點點頭，看來他跟顧宇憂已經協調好了。

我的四肢有擦傷，腰際和手肘也撞傷了，正在隱隱作痛，最好能趕快回家睡上一覺。

「就這麼說定了，我們明天見吧！」嚴克奇向我們揮揮手，就轉身離開了。

這陣子接二連三發生了這麼多事，他也忙壞了吧？他臉上有很明顯的黑眼圈，變成熊貓警官了。我記得之前有一部超爆笑的動畫電影《功夫熊貓》……呃，我又在亂想了！

「走吧。」顧宇憂面無表情的轉過身，示意我和伍邵凱跟上。

「走走走，我們趕快回家去，我都快累死了！」伍邵凱又勾住了我的脖子，堅持要跟我走在一起。

兩個大男人這樣黏在一起多難看！

「你看起來好像很有精神。」我翻了個白眼。

「所以？」

「要不在左手也砍一刀？」我用手刀在他左手臂上比劃一下。

「喂，你很沒良心耶！」他終於肯離開我的身體了。

回到家時，令我意外的是，顧宇憂竟然熬了一鍋好吃得不得了的雞絲粥來餵飽我們這兩個傷兵。吃完粥，顧宇憂還親自開車送伍邵凱回家。

重新躺在溫暖的床上時，已經接近晚上十二點了。我已經沒有多餘的力氣去回想今天發生在我身上的事，很快就進入了夢鄉。

※……※……※……※

今天講堂裡的氣氛有點怪，非常怪。平時不怎麼搭理我的同學，今天簡直把我當怪物看。

「看，來了！他坐這邊呢，我們還是趕快換位子，免得被他的霉運打到。」

「對啊，我聽那些人說，死的女生都跟他有過接觸呢。」

「就是，好像都寫過情書給他！」

「他該不會是帶賽吧？好可怕，幸好我沒跟他說過話，連眼神交流都沒有！」

「我聽人說，之前黑道的事也是這樣，那些死的人好像都跟他有過節。」

「說不定他太花心了，有女生因愛成恨，殺了所有喜歡他的人。」

「嘖，沒想到一個花心的男人會害死這麼多人。」

這些人……唉，想像力還真豐富，可以去做導演或寫劇本了唄。拜託，那些女生喜歡的人可不是我，除了丘靜宜學姊……說什麼因愛成恨，我還沒那麼受歡迎啦！

汗，我都已經夠煩了，還被人杯葛，我相信這世上沒有人比我更倒楣了吧。

把背包放在椅子上，我打算到講堂外面透氣。反正距離上課還有十分鐘左右，我可不想繼續坐在這裡聽別人說自己壞話。

來到走廊，正想踏下階梯時，迎面走來了個熟悉的面孔，是我的直屬學長安永煥。

「學長！」

「咦？元澍！」他揚起微笑跟我打招呼，可是當他看見我手上有繃帶時，有些吃驚的快步走上前來，「喂，你怎麼了？昨天聽說你差點被炸傷了，沒想到這麼嚴重！」

「不是啦……」見他緊張得快要哭出來的樣子，我簡略的把昨晚盧小佑遇劫的事說出來。

「你還真不是普通的倒楣耶。」他想要拍我的肩，卻擔心弄痛我傷口而作罷。

不過，那句話真是戳中了我內心的創傷，我有些難過的斂下目光，負氣的說：「對啊，我是個倒楣鬼，同學們都不敢靠近我。」

安永煥察覺到了我的不對勁，連忙打哈哈的說：「哎呀，我只是同情你，不是在譏笑你啦。之前不是告訴過你嗎？有什麼問題都可以來找我喔，不是因為我是你的直屬學長，而是我已經把你當朋友看待啦，所以不管有什麼煩惱或心事，一定要告訴我，我很樂意當你傾訴的聽眾喔。」

沒想到他居然不嫌棄我，我好感動。真慶幸自己的直屬學長是他！換作其他人，說不定早就跑個無影無蹤了。

他右手輕輕搭著我的肩膀，跟我一起走進講堂。

不經意的瞥了一眼，我發現他搭著我肩膀的那隻手，食指和中指纏著一層繃帶。

「咦？學長你手指受傷了？」我語氣充滿關懷。

「沒什麼，切菜時不小心割到，呵呵，真大意啊。」他擺擺手，要我別擔心，「對了，課程方面沒有問題吧？」不去理會別人的目光，他來到我旁邊的位置上坐下。

「沒問題，謝謝你的關心！」

「有問題的話，第一個一定要想到我喔。」他微笑的指指自己。

學長你好善良，好想抱著你的大腿大哭一場喔！

接近中午時分，比較早下課的我獨自坐在學校餐廳裡，一邊啃著漢堡，一邊喝著汽水。

雖然顧宇憂認為我和伍邵凱都受了傷，吃東西需要戒口，可是他現在又不在，會聽他的話才有鬼呢。我還特地點了一份特大的牛肉漢堡，正吃得津津有味。沒想到當我把最後一口漢堡吞進肚裡時，身後忽然出現了一個黑影，擋住了大部分從窗外直射於我身上的光線。

「伍邵凱？」我直覺的叫出名字。

「他要晚五分鐘才下課。」那個人說話時，已一屁股坐在我隔壁的椅子上，餐盤「磅」的一聲放在桌上，懶洋洋的瞟了我一眼。

「喂，我什麼時候說你可以坐下了？」我全神戒備的坐直身子瞪著眼前的顧宇憂。

「這是什麼？牛肉漢堡？」他瞧了一眼餐桌上的包裝袋，問我。

「要、要你管啦。」我不去理他，繼續喝我的汽水。

「反正傷口是你自己的，不好好照顧也是你的事。」他懶得理我，開始吃著眼前的炒麵，間中還啜了幾口冰咖啡。

「喂，餐廳裡又不是只有這張桌子。」我就是覺得他很礙眼，要是坐在我旁邊的是個大美女，至少我還覺得賞心悅目。

「咦？元澍？」身旁忽然響起了銀鈴般的少女聲。

抬頭，我發現是盧小佑。

說美女，美女就到，看來我真的很有豔福嘛。可是，糟了，冰山會無情的轟走人家嗎？

我朝她後面東張西望，然後問：「伍邵凱呢？你們不是上同一堂課嗎？」

「他在點午餐，他人真好，還說會幫我點，叫我先來這裡。請問我可以坐下嗎？」她指了指在櫃檯前點餐的伍邵凱，再怯怯的看了顧宇憂一眼，「學長好。」

顧宇憂朝她點個頭，然後繼續吃他東西。

「坐坐坐，妳把那個人當透明就好了。」我不去看顧宇憂的表情。

「呃，好。」她小心翼翼的拉開椅子坐下。

沒過多久，領完餐點的伍邵凱走了過來，「啊，久等了，這是妳的三明治和果汁。」他單手將餐盤放到桌上，先將餐點遞給盧小佑，坐下後再拿起漢堡準備大快朵頤。

盧小佑安靜的吃著手上的三明治。伍邵凱廢了一隻手，連撕開辣椒醬包裝袋都要我來代勞，結果沒人陪盧小佑聊天。

氣氛有點尷尬。再說，顧宇憂的存在令眼前的氣壓變低，誰也不想開口說話，桌上就只剩下了餐具輕碰的聲音。

不一會兒，已經吃飽的顧宇憂最先離座。看著他離去的背影，我還在奇怪他到底跑來找我幹嘛？要我看著他吃麵嗎？真是個奇怪的傢伙。

顧宇憂離開之後，餐桌上的氣氛頓時緩和下來，盧小佑也開始變多話了。

「自從發生了昨天那件事，我爸決定要找家教回來教我弟妹，不然下次再碰到這種事，又沒人伸出援手時，後果可就不堪設想了。」她喝了一口果汁後說。

「家教？」伍邵凱好奇的問。

「沒錯，我爸要我問問看大學的朋友，誰有興趣當家教的。我家還有個讀國中的弟弟，所以我爸需要請兩個家教分別教他們。」

「咦？妳也是大學生，可以自己教呀。」我感到很奇怪。

「老實說，我成績並不是很好。」盧小佑說這話時，尷尬的低下頭，「光是應付大學的課業就已經吃不消了，哪來的時間教他們呢？」

「咦？元澍！家庭教師啊！」伍邵凱忽然興奮的搖我手臂。

「幹嘛？」我回不過神來。

「而且正好要請兩個！」他又補上這一句。

我恍然大悟！昨天伍邵凱剛在我面前提起要找工作的事，沒想到眼前就有份家教的工作找上門來，他不興奮才怪呢。

「咦？你們有興趣？」盧小佑兩眼發亮。

「對！我們非常有興趣！」伍邵凱高興得連漢堡都忘了吃。

「那真是太好了！我下午就回去跟我爸說！」盧小佑看起來也很高興，畢竟她也解決了弟妹們家教的問題，「那你們什麼時候可以開始教他們呢？我爸說，一星期上三天課就行了。資薪方面，等見了面再跟我爸談吧，我爸很好說話的。」

「嗯嗯！我下午還有課，不如明晚怎樣？」伍邵凱迫不及待。

喂，我好像還沒答應咧。不過，見伍邵凱巴不得馬上衝去盧小佑家的猴急樣，八成是缺錢用了吧。好啦，我也是個很好說話的人，就不去斷他財路了。

「那好，我問了我爸之後，再告訴你們時間。」

「我沒問題。」伍邵凱答完看著我，問：「元澍，你也沒問題吧？」

「呃……」那座冰山會殺了我嗎？不過，我已經十八歲了咧，管他呢！「我也沒問題！」我笑著點頭。

「太好了！」盧小佑開心的擊掌，「你們知道嗎？我弟妹好崇拜你們喔，簡直把你們當成大英雄看待，要是知道你們即將成為他們的家教，一定會很高興……」

她又滔滔不絕的說了一大堆，原來她還真的很能說。

※ ⋯ ※ ⋯ ※ ⋯ ※

悶死了！只是一點小傷而已，顧宇憂卻小題大作，下午上完課硬是要我留在家裡，哪裡都不准去。無聊過頭的我只能用睡覺來打發時間。

一覺醒來，差不多是晚上八點左右，肚子很餓。沒想到餐桌上有叉燒燴飯，拿去微波一下立刻就裝進我肚子了。

隨手把顧宇憂留在桌上的字條丟進垃圾筒裡，我打算下樓到附近走走。

也不知道顧宇憂用了什麼方法，讓伍邵凱乖乖待在家裡養傷，連電話也不敢打給我。不過說真的，他手臂那一刀比較嚴重，所以我就不去吵他了。

我記得顧宇憂好像說過會打包宵夜回來吧？

奇怪，顧宇憂就算了，怎麼連那個喜歡掛在別人身上的維爾森也不在呢？對了，說不定在忙著驗屍……那天顧宇憂不也說了嗎？要重新找疑點，除了事發現場，連屍體也要再次檢驗，看是否能找到一些蛛絲馬跡。

嘖，驗屍呢，若要我一直對著那些死狀恐怖的屍體，倒不如去跳樓算了。

不知道顧宇憂以後會不會也跑去當法醫呢？

……只是想隨便走走的我一不小心，又晃到了夜市。

閒來無事的我，把之前的那些命案從頭到尾想了一遍。

若丘靜宜學姊也是因為我而被殺死的話……沒錯，如果維爾森是凶手，那麼就不可能連學姊也一起殺了，還有蘇悅慈也是，畢竟寫情書給維爾森的女生也只有羅彩意、杜禾珊和顏雨希罷了。不過，如果是跟我有關係，就包括了所有人。

到底是誰這麼無聊，要殺害那些跟我有過短暫接觸的人啊？是要威脅我？恐嚇我？還是無聊的惡作劇呢？

那個無聊的人未免太變態了吧？

「說不定他太花心了，有女生因愛成恨，殺了所有喜歡他的人。」

早上同學說過的話，猛地蹦進我腦海裡。

咦？難道有人誤會了什麼嗎？

雖然我不是個自戀的人，不像維爾森那樣深受女生歡迎，可是那些女生一直拜託我轉交情書給維爾森，說不定會被誤會……沒錯！被人誤會那些情書都是寫給我的！畢竟我從來沒跟別人澄清過那些女生要告白的對象是誰，連安永煥學長我也沒跟他說，只有當事人、顧宇憂和伍邵凱知道而已……不，還有盧小佑。

盧小佑……假設凶手是盧小佑，她為什麼要針對我？而她，到底是喜歡還是恨我的？

「喂，今晚想吃什麼？」有個男人從我身邊經過，手臂攬著一個女生。

不經意的抬起頭瞥了對方一眼，我整個人愣住了。

那個男人，不就是那天在停車場被顧宇憂制服的魔人嗎？原來他真的還沒死，而且看起來很溫柔，臉上一直掛著溫和的笑容，跟那天抓狂和亂吼的表情落差很大。

那個人見我傻乎乎的看著他，也停下腳步，轉過頭來打量我。

下一秒，我以為他會露出那天那張暴戾的表情問我看什麼看，再警告我是不是想被痛毆時，他卻一臉好奇的問我：「請問你認識我嗎？抱歉，我最近記性不怎麼好，好像忘了很多事。」整個人出奇的隨和、謙虛。

「那天，在停車場……你是不是跟一個紅色眼睛的少年起衝突，然後被弄昏了？」見他像個鄰家大哥哥般親切、溫和，我情不自禁的把話問出口。

抓了抓頭，他大惑不解的笑著說：「有嗎？沒有啊，我這人最討厭暴力了，從來不跟別人有爭執喔，可能你認錯人了。」

那張臉，即使被打腫了我也不可能認錯啊！因為他是我見過的第一個魔人。試問你能忘了自己初戀情人的長相嗎？

奇怪，太奇怪了。

可是他那無辜的表情不像是裝出來的，而且他不認識我，也沒理由騙我啊。

我原想說服自己也許真的認錯人了，可是當他提到「記性不怎麼好」時，我突然覺得自己偶爾也會有這種感覺。我最近很常做些很奇怪的夢，總覺得那些夢境是曾經發生在自己身上的事，但夢醒後卻又找不到相關的記憶。

原本想跟他多聊幾句，問問看他是不是也經常夢見奇怪的畫面時，他身邊的女友好像有點不耐煩了。轉頭安撫了女友兩句，他連忙塞了張名片給我，然後一臉抱歉的說：「如果你真的認識我，改天有空歡迎你來找我聊聊。」

把名片捏在手心裡，目送那對男女離開之後，我仍沉浸於那天發生在地下停車場的畫面。相同的人，為何行為和語氣落差這麼大？會是雙胞胎嗎？

「汪汪……」前方傳來了狗吠聲，拉回了我思緒。

一抬頭，我發現有兩條看起來髒兮兮的野狗。是野狗沒錯吧？一直在晃著尾巴，被某人手上拎著的東西牽著鼻子走。那包東西，大概是從夜市打包的食物吧，香噴噴的香味引誘著那兩條看起來飢腸轆轆的野狗。好可憐，牠們大概是餓了幾天沒吃東西吧？

快步走上前去，我想到夜市打包一些食物分給牠們吃時，那個被野狗「跟蹤」的男生卻突然回過頭來。

咦？那個身穿黑色長版外套、熟悉得只需要瞥上一眼就能認出來的身影，不就是顧宇憂嗎？

我以為他會抬腳趕走那兩條一直緊跟著他的傢伙，沒想到他卻蹲下身，打開手上的塑膠袋。裡面是什麼我都還沒看清楚，那兩條野狗就已經狼吞虎嚥撕咬著眼前的美食。

他的舉止害我差點掉了下巴。

那個看起來淡漠無情的傢伙，居然把手上的食物全給了流浪狗？

驚訝之際，一陣冷風吹過，我身上的汗毛全豎了起來，好冷。下午剛下過一場雨，今晚有點涼，我才想起自己忘了披件外套出來。搓了搓手掌，身體還是暖和不起來，結果在眾目睽睽下打了個超大聲的噴嚏。

「哈、哈、哈啾——」吸了吸鼻子，正打算找出面紙來擦手時，才發現自己根本就沒有帶面紙的習慣，唉，糊塗慣了。

正想趁顧宇憂發現我之前趕快開溜時，眼前突然出現了一條手臂。攤開的手心裡，是一包未拆封的面紙。沒想到這個看起來冷冰冰的傢伙連這個也帶上了，我該稱讚他比女生還要細心嗎？

「怎麼跑下來了？肚子餓了？」

被他這麼一提，我也覺得肚子好像真的有點餓了。沒想到隨便亂晃，已經過了兩個小時。也許傷患比較容易肚子餓吧……呃，什麼邏輯啦！

「剛剛的宵夜送給別人了，反正都已經下來了，一起去前面的夜市吃好了。」說完，他不等我回答，就轉身走了。

我趕緊跟上他的步伐。

「拜託……野狗是吃狗糧的啦，你給他吃太鹹的東西，小心牠落毛。」我就是要揶揄他。

「可是夜市沒賣狗糧，寧願餓死還是吃人類的食物，牠們比你聰明多了，選擇了後者。」

「喂你……」討厭，為什麼我老是說不過他啊！跺了跺腳，我決定要轉移話題！「對了，你跟維爾森今天很忙嗎？」

「嗯，那些屍體全都要重驗，再把死因看過一遍，然後我們發現了一個很大的疑點。」
「什麼疑點？」案子有進展了嗎？我聚精會神的看著他。
「貫穿杜禾珊頭顱的玻璃，並不是實驗室裡的玻璃。」
「咦？那麼是有人趁亂謀殺杜禾珊？」我吃了一驚。
「沒錯。」點點頭，他繼續說：「還有，根據蘇悅慈身上的齒印判斷，以及將她身上找到的毛髮拿去化驗後，發現那是狼的毛髮。」
「狼？！學校後山怎麼可能有狼出沒？」我嚇了一跳，「難道那晚想要攻擊我和丘靜宜學姊的，是狼而不是野狗？」
他沒有否定我的話，接下去說：「那是最近才出現的。如果說連蘇悅慈也是被人蓄意謀殺的，那麼我們懷疑那頭狼可能是凶手帶過去，甚至飼養在那邊的。」
「怎麼凶手連這種方法也想得出來。」好可怕……凶手的腦袋瓜裡，到底裝了多少種殺人的方式啊？難道他每天都在研究著要怎樣殺人嗎？！
「沒錯，既然已確定有可能是被謀殺的，嚴克奇已決定重新調查那些女學生死亡的案子，所以我們剛才去了一趟後山，不過還是什麼也沒找到。」
我突然想到什麼，整個人緊張了一下，問道：「等等，狗糧……你認為狼會吃狗糧嗎？」

「如果沒有其他的食物，也許會。」

說話間，我們已經來到了鬧哄哄的夜市。把話說完後，他皺著眉頭看我，「怎麼了？」

「我曾經在後山跟盧小佑偶遇。」

「就是那天你假裝手機沒訊號，掛我電話的那一次？」他睨了我一眼。

拜託那天手機是真的沒訊號啦！但我現在沒空跟他辯，趕緊說：「對！一個女生出現在那種地方，未免太奇怪了……然後我記得盧小佑有去便利商店買過狗糧，雖然她說是幫朋友買的，會不會……」

顧宇憂有些驚訝的看著我，過了約十秒鐘才開口：「去後山。」然後轉個彎又離開夜市。

喂，怎麼說走就走啊？我是個經歷大爆炸後又被劫匪砍傷的重傷者咧，你就不能配合一下，走慢一點嗎？再說，你剛剛提醒了我肚子餓的事實，現在卻說走就走！

「現在嗎？」哭喪著臉，我小跑步追上他，一再確認。

「沒錯，上次你什麼時候在後山遇到盧小佑？」見我追上他，他偏過頭來問我。

看了一眼手錶，我有些驚訝的回答他：「大概也是這個時間點。」

點個頭，他沒再說話。我瞬間明白了，如果這時候去後山，說不定會看見盧小佑餵食的畫面。沒錯，餵那頭狼吃狗糧，如果她是那個凶手的話……

·第八章·

告白

她用那雙帶著淚水的眼眸深情款款的注視著我。
為何她眼裡寫滿太多太多的情緒？有悲哀、有絕望、有沮喪……

・八・告白・

今晚的後山有點涼，凜冽的冷風颳得我皮膚隱隱作痛。

剛才在車上見我冷得鼻子通紅，顧宇憂從後車座拿了條圍巾給我，要我披上。沒想到有人會在夏天於車裡放著圍巾備用，而且還是冬天用的那種手織圍巾。我把圍巾纏在頸窩後，整個人暖和多了，也不再噴嚏連連，否則旁邊的那個人大概要把外套借我穿了。

下午的那場雨，也把後山澆得濕漉漉的，走沒幾步，腳下的球鞋邊已沾了不少泥巴，剛剛丟了工作的我不停祈禱它千萬別報銷才好。

我雙腿不停的蹂躪腳下的野草，想要擦去那些黃澄澄看起來很像便便的泥巴，然後肚子竟然很沒骨氣的「咕嚕咕嚕」叫了起來。

那個紅眼少年走起路來比我有技巧多了，走了這麼久，鞋子沒沾到半點汙漬，我不禁懷疑他走路時是用飄的。

呃，我腦子又被一堆雜念佔據，差點就要掉隊了。

甩了甩腦袋，我亦步亦趨的跟在顧宇憂身後，一路走向那天丘靜宜學姊墜崖的地點，也就是那頭狼第一次出沒的地方。雖然蘇悅慈是在夜遊時的那個山頂被襲擊的，但顧宇憂認為說不定牠的巢窩就在這附近。

「如果警隊搜尋了整座後山都沒看見那頭狼，而且牠是有飼主的，說不定牠被飼主藏在一個很隱密的地方。」他邊走邊說，「說不定那地方很危險，根本沒有人能到達。」

「喂，你走慢一點啦！」山路很難走咧，可是他卻動作輕盈俐落的一直往上走，連停下來喘口氣的空隙都沒有，而且還健步如飛。

……你是貓嗎？

跟顧宇憂走在一起，老是不知不覺就被他甩在身後，然後必須用小跑步才能趕上他。我開始懷疑他的武功底子說不定在我之上……我明明是幹架王啊，為什麼來到A市之後，卻老是遇到比自己強的人啊？好沮喪……

「要我背你嗎？」

前面那傢伙吐出讓人很想海扁他一頓的話來。

「誰、誰要你背啦！你最好給我走好一點，要是滑下山坡我可不理你。」我氣得指著他身背大罵，不過走在前頭的他沒回頭，大概也沒看見我在他身後豎起中指，自顧自的繼續說起狼的藏身之處。

「我們到山崖的邊緣找一找，說不定能找到牠出沒的痕跡。」

山崖邊？也許他的話是對的，警察大概也不會找到那邊去，萬一不小心被學姊的鬼魂拖下去……啊，迎面吹來的風很冷，還是別胡思亂想比較好。我拉緊脖子上的圍巾，還是把亂想的力氣拿來趕路比較好。

過了不久，熟悉的斜坡已出現在我們面前。

那天學姊一定是從這裡滾下去，然後一路滾到了懸崖邊。說不定，她是被凶手推倒的。

站在斜坡上，顧宇憂安靜的環顧四周，然後邁開腳步往右邊走去。我寸步不離的跟著他，他卻稍微停頓，偏過頭說：「我往右邊找找，你去左邊。」

他的話，害我邁出去的腳步僵住了，然後轉個身走向左邊。

「早說嘛。」我邊走邊咕噥。

從這裡放眼望去，下方的都市夜景璀璨依舊，要不是有狼出沒，相信是個挺不錯的約會地點，浪漫極了。這裡也算是山頂，加上今晚有月光加持，視線還算可以，不至於籠罩於伸手不見五指的黑暗之中，方圓五十公尺以內的危險，至少還看得一清二楚。而且整個環境看起來也沒那麼陰森可怕。

撥開那些長及膝蓋或腰間的雜草，走了約一百多公尺，懸崖邊有好幾棵看起來已經有些年紀的大樹，其中有棵高得幾乎看不見樹頂的老樹，就是那天安永煥學長說的百年老樹吧？

「……許願嗎？」我抬頭凝望著它龐大的樹身，直徑大概有一個成人的高度，濃密的枝葉證明它還很健壯，短期內大概死不了。

也許真的有樹妖或精靈住在裡頭吧？

仔細一瞧，它底下的根全長在泥土外，看起來很像籠子，大得可以塞進兩個成年人。換作原始時代，說不定有人會選在這種地方住下，既有大樹可遮風擋雨，又能避免被野獸襲擊。

蹲在樹根前，我仔細研究裡面的構造，覺得很有趣。

正想伸手摸摸它到底扎不扎實時，裡面突然閃著兩道橙光，然後傳來窸窸窣窣的奇怪聲響。

「嗚哇——有鬼！」我被嚇了好大一跳，整個人直接跌坐在草地上，再沒命似的挪後一大段距離。牛仔褲被潮濕的地面浸溼了，但即使溼了內褲我也沒空去哀號。

「怎麼了？」原本應該在另一邊找狼的人，以迅雷不及掩耳的速度來到我身後，還拎著我的衣領直接拉我起身。

喂，扶一下會死喔？

「有、有橙色的光！一定是鬼眼！說不定是鬼火！」驚魂未定的我直指著那團樹根亂叫，差點沒嚇得整個人掛在某人身上。

「橙色的光？」顧宇憂放開我的衣領，抬腳來到那棵樹下，蹲下身仔細打量樹根的內部，然後若有所思的說：「有味道。」

「味道？」

「動物的味道。」

「嚇？！難道是那頭狼？」我戰戰兢兢的來到他旁邊，還怯怯的查看橙光還在不在。

「在月光的反折下，那橙光說不定是狼的眼珠。」

欸？怎麼我沒想到這一點呢？我也曾經在夜裡被貓眼嚇個半死，以為自己撞鬼了！動物的眼珠就是有這種嚇人的「功能」，討厭！等等要把牠的眼睛挖出來踩兩腳，才能消除我的心頭恨。

不過牠已經不在裡面了！

「牠逃走了嗎？奇怪，可是我沒見牠從哪邊跑出來啊，難道牠有練隱身術喔？」

某人刻意忽略我的廢話，起身沿著那棵樹轉圈圈，我也有樣學樣照做了。

有一部分樹根長在懸崖邊緣，一直沿伸至峭壁下方。一手拉著樹根穩住身體，顧宇憂大半個身體伸出了懸崖外，仔細觀察下方的情況。我不由得捏了一把冷汗，真擔心他突然失手，整個人掉下去一命嗚呼，然後這裡又多了一具血肉糢糊的屍體。

「樹根好像連接著峭壁的一個缺口，說不定那邊有個山洞。」說完，他還真不怕死的想往下跳。

「喂！你瘋了！」伸手抓住他那隻抓住樹根的手，我嚇死了。

「只是下去看一下。」他帶著慵懶笑這麼說，一點危機意識也沒有。

「喂！要是一個不小心，會跟學姊一樣沒命啊！」我氣急敗壞的大叫。

「這種高度我還能應付。」他泰然自若的笑笑，目光始終鎖在那洞口，堅持要往下跳。

「什麼叫這種高度！距離山谷少說也有一千公尺啊！」我死都不肯放手。

「放手。」

他差點就要翻白眼了，但我知道他不會做出這種不優雅的舉止來。

「不……」

就在我們僵持不下時，耳邊突然傳來了低吼聲。我們雙雙僵住了。

「吼——」

一陣野獸的咆哮聲從下方傳來，然後在我還沒弄清楚危險將從哪邊爆發時，迎面倏地撞來了個模糊的黑影。反射性舉起左手擋在面前，我能感覺那黑影是個毛茸茸的傢伙。

在來不及做出任何反應之前，手臂頓時傳來了一陣撕裂的痛楚，然後溫熱的液體開始從受傷的地方狂噴而出！我被強大的衝擊力撞倒在地，那傢伙仍緊緊的咬著我不放。掄起拳頭，我幾乎是用盡全身力氣攻向牠，牠才嗚咽著放開我的手。

由於用力過猛，體內流失的血液好像更多了。好險！要是剛才沒用手擋住牠的攻擊，我大概已經毀容了！

事情發生得太快了，令我措手不及。

「元澍！」縱身一躍，顧宇憂正想趨前查看我的傷勢時，前方卻傳來了女生的尖叫聲。

雙雙回過頭，只見一個身穿淡色洋裝的女生正沒命似的跑向這裡，眼裡滿是見鬼般的倉皇神色。我驚訝得忘了自己身上有傷，驚喊道：「盧小佑！」

「啊——救、救命！」

她身後有隻黑色的野獸在窮追不捨，大概是剛才那頭咬傷我的狼吧？只差那麼一小步，盧小佑就要被那頭狼撲倒了。

一度以為那頭狼是她的寵物，但寵物會攻擊自己的主人嗎？

真該死，說不定我們猜錯了！

見情況不對，顧宇憂很快抄起地面上的枯木，以極快的速度奔向盧小佑。情急之下，我也顧不得手上的傷，從褲袋裡掏出彈弓，再找來幾塊石子射向那頭狼。吃痛的牠動作稍微遲鈍了一下，盧小佑才能及時拉開距離，繼續跑向我這裡。

同時，顧宇憂也趕到了她身後，直接攻向狼的頭部。

可是有點小聰明的牠縱身一躍，眨眼間已躲過了那致命的一棍，然後再夾著尾巴逃進了黑漆漆的草叢裡。

「元澍！你流了好多血！」盧小佑一來到我身邊，連大氣都還來不及喘一口，就被我那隻血肉模糊的手臂嚇壞了，還手忙腳亂的替我按住傷口想要止血。

聞言，準備追擊那頭狼的顧宇憂快步回到我這裡，瞥見我手臂時，整個眉頭都快糾成了一團。他拉下我脖子上的圍巾替我裹住血流如注的傷口，再把外套脫下披在我身上。連話都來不及說，他馬上扶起我急急的走下山。

「大概是傷到動脈了，再不去醫院可能會有生命危險。」他的聲音帶點焦慮。

一旁的盧小佑急得快哭了起來，也幫助扶著搖搖欲墜的我。

我的頭很暈很暈，也許是失血的關係吧，受傷的手臂已經痛得整條麻掉了，根本就沒空去質問她為何會在狼出現的同時，現身於同一個地方。

走沒幾步，我感覺兩腿一軟，連視線也變模糊了。我再也支撐不下去了，整個人就要往前撲倒。顧宇憂立刻圈住我的肩膀，替我穩住身體。

「能走嗎？」他聲音在我耳邊響起，我卻連回答的力氣都跟著體內的血液一起流乾了。

稍作停留，他索性把我揹在背上，然後開始飛快的離開後山。

一坐上車，我已經陷入了半昏迷，傷口依然血流如注。好疲倦、好冷，閉上眼，我在昏昏沉沉的情況下被緊急送醫……

·八·告白·

※……※……※……※

當渾噩的意識開始恢復清晰時，我發現自己又再次從醫院的病床上醒過來。受傷的左手被紮了一層厚厚的繃帶，看來這次真的跟伍邵凱同病相憐了。

病房裡一片漆黑，只有少許月光從窗口透進來。

牆上的時鐘告訴我，現在才凌晨六點多，不過外面偶爾傳來腳步聲，大概是值夜班的護士在巡房吧？

也許被注射了麻醉藥，受傷的地方完全感覺不到疼痛，但還能感覺到繃帶內側有點潮溼，大概是傷口還在出血吧。

嘖，看樣子這陣子要狂吃牛肉補血才行，要省錢的話，吃豬肝也行吧？

用右手撐住床褥想要坐起身時，突然發現床頭趴了一個人。

烏黑的短髮隨意散落於床褥上，只露出半張白皙的側臉，沒想到盧小佑會在醫院守著我，弄傷我的人又不是她，她沒必要這麼做吧？

我不禁懷疑，她真的是那個神祕女凶手嗎？

反觀那個紅眼少年不知人在哪裡，跑回家睡覺了也說不定。

在猶豫著要不要叫醒盧小佑時，她卻因為我起床的動作而幽幽轉醒。

「啊，你終於醒了！」她興高采烈握住我那隻沒受傷的手，整個人差點就要撞進我的懷抱了，「擔心死我了，流了這麼多血，我還以為你沒救了……」說完開始低頭抽泣。

我立刻手忙腳亂的拉起被單為她拭淚。

「妳、妳別哭啊。」孤兒院院長可沒教過我要如何安慰哭泣中的女生啊。

「哪有人用被單擦淚啊。」她被我滑稽的動作逗笑了，然後從自己的包包裡拿出手帕，拭去臉上的淚水。

見她止住了哭，我也鬆了一口氣。然後，嚴肅的問題開始灌進我腦海裡。

「盧小佑，能不能告訴我，那時候妳為什麼會在後山？妳每晚都在那邊嗎？為什麼？」

「我……」別開頭，她似乎有口難言。

「請說實話。」我難得嚴肅的跟她說話，「那頭狼，是妳的寵物吧？那天妳到便利商店買狗糧，是打算餵牠嗎？畢竟……牠是在妳來這裡上課之後才出現的。」

「元澍，你意思是說，剛才攻擊你的動物，是狼？」她的表情看起來該死的無辜，「我以為只是一般的野狗。」

「沒錯，是狼，那天就是那頭狼咬死了蘇悅慈。」

她感到錯愕不已，半晌，清秀的臉蛋被哀傷的表情佔據了。

「然後……你懷疑我？」

「我也很想相信妳，可是這一切，看起來似乎都跟妳有關。戴家的連環命案，以及最近學校裡幾個女生意外或自殺身亡的事，還有那個重傷昏迷於夜市附近的房東……」

「你認為是我殺了她們？我為什麼要這麼做？」她有些激動的喊冤。

「我不知道……」別過頭，我不去看她的表情，「不管是戴家連環命案，還是發生在學校裡的命案，凶手的目標只有一個，那就是殺掉曾經跟我有過接觸的人。因此，這個凶手肯定跟戴家的命案有關，而那起命案被證實有兩個女凶手，其中一人是已經落網的戴欣怡……」

「你想說的是，另一人就是我吧？我成功逃離法網，繼續潛伏在你身邊殺人對吧？」不知怎地，她的表情看起來很痛苦。

「呃……我只是猜測而已，如果凶手不是妳，妳大可以大聲否認的，我想……我會相信妳的。」連我都開始結結巴巴了。

我到底怎麼了？語氣竟然有些不肯定了，是動搖了嗎？

沒錯，自從看見盧小佑與那頭狼在同時間出現時，心裡堅信她是無辜的那道牆，早已經支離破碎了。

「元澍，那你打算怎麼做呢？」她露出了淒涼的笑意。

「我也不知道，如果證據充足，也許警方很快就會找上妳，將妳繩之以法。」

「……是嗎？」緩緩的站起身，她走到窗口站定，抬頭看著剛破曉的天空。

良久，她才回過頭來，用那雙帶著淚水的眼眸深情款款的注視著我。被她那麼一瞧，我臉頰刷紅，有些難為情的低下頭來。

為何她眼裡寫滿如此多的情緒？有悲哀、有絕望、有沮喪……

「我就不妨告訴你，我出現在後山的原因。」說到這裡，她又繼續看向窗外，仰望著灰矇矇的天空，「自從失去右手以後，很多人都把我當殘疾人看待，我很自卑，一直活得很沒自信，差點就考不上大學了。不過，即使考上了大學又怎樣？我擔心到了新環境，大家同樣會以有色眼光看我，把我當異類，所以我很忐忑、不安。」

「直到遇見了你，才讓我重拾了信心，因為你完全不嫌棄我少了一隻手。迎新活動那天，你一直陪在我身邊、找話題跟我聊，我很感激，也很感動。往後的日子，你也一直把我當朋友看待，毫不忌諱的跟我外出……」

稍微停頓，我聽見她深呼吸了一下，才繼續說下去：「也許，從迎新活動那晚開始，我就對你有了莫名的好感，然後這種感覺隨著時間的流失而不停的增長、擴散著。回到後山，是想要回憶那晚我們在山頂相處的快樂時光，一邊吹著風，一邊思念著你。雖然你不介意我的殘疾，但如果這個女孩向你告白，說不定會嚇著了你，也會讓你覺得困擾，畢竟朋友和女友的定義不同，也許……」

「別再說下去了。」我急急的打斷她，我現在的心情已經夠亂了，要是再擠進這些告白的話……她在向我告白，沒錯吧？

「元澍，讓我說下去。」她猛地回過頭來，淚眼汪汪的要求。

「呃……」我是不是太殘忍了？這跟維爾森有什麼差別啊？想到這，我再也說不出拒絕的話來，愧疚的低下頭。

「安學長說過，那邊有棵百年老樹對吧？只要誠心誠意向它許願，說不定樹裡的妖精或精靈會替我實現願望。元澍，我的願望，就是希望你也能喜歡上我。」

她要我喜歡上她……那麼，她會極力鏟除那些喜歡我的女生嗎？不、不對，她明知道有些女生只是託我轉交情書，她們喜歡的對象不是我。還有那個房東吳義，吳義不可能也喜歡上我吧？有地方不對勁……

「咳咳！」病房的門不知何時被人推開了，外面站了個神色尷尬的少年。

「學、學長！」安永煥是怎樣知道我住院的？

「別這樣瞪著我，我可是你直屬學長啊，因為顧宇憂打電話來要我替你請假，反正有時間，就順便買了早餐過來給你。」隨手關上門，他把手上拎著的早餐放在旁邊的矮櫃上，看起來好像是肉粥，「抱歉，我不知道學妹也在這裡，不然我一定會多買一份早餐。」說話時，他垂下眼簾，不敢直視我和盧小佑的臉。

靠，剛才的話一定被他聽見了！

告白的話被第三者聽見了，盧小佑有些慌張的別過頭。我看見她臉紅了，比剛出爐的叉燒還要紅。

眼前的氣氛頓時尷尬不已。

「……呃，你們繼續聊啦，我出去跟護士借個碗和湯匙，呵呵……」說完，他偷覷了一眼旁邊的盧小佑，然後急急開溜。

「那個……既然學長已經來了，我還是先回去好了。」盧小佑面帶尷尬的拿起椅子上的包包，頭也不回的衝出病房，我叫也叫不及。

吐了好大一口氣，我反而覺得整個人變輕鬆了。

無力的躺回床上，我閉上眼開始思考她剛才的話。

她的話、她的表情和態度都非常誠懇，我該不該相信她呢？她出現的地點，的確是在那棵老樹附近沒錯。換作是顧宇憂，一定會說她在為自己找藉口吧？

正想找出手機打電話告訴顧宇憂時，安永煥已拿著一個瓷碗和湯匙回到了病房。

「咦？你女朋友呢？」

「已經回去了。」還不是被你嚇跑的……咦？什麼女朋友啦！丟下手機，我連忙澄清：「喂喂，她不是我女朋友啊。」

「騙人，剛剛都跟你告白了。」他笑得不懷好意，「元澍，你還真不是普通的受歡迎咧，羨慕死我了。討厭啦，那些漂亮的女生都被你勾走了魂，我們這些長得不怎麼樣的學長，可憐連一個女生都泡不到。」把熱粥倒在碗裡，他一邊碎碎唸。

算了，隨你怎麼說，我已經懶得解釋了。

「對了，昨天的課，我幫你借到筆記了喔，等等早上的筆記我再去幫你借，然後再一起拿給你。對了，你下午的課也準備請假嗎？」

「呃……下午嗎？」想了一下，我才繼續說：「還是去上課好了，待在醫院也很無聊啊，況且這點傷不算什麼啦。」

「那好吧，那昨天和今早的筆記我下午一起拿給你。」笑了笑，他熱心的說：「喏，快點趁熱吃，這家賣的粥聽說很有名的。」

「學長，謝謝你！我改天請你吃飯。」微笑接過那碗看起來很美味的粥，我開始大快朵頤。

「吃慢點啦，小心噎到啊！嘖，真像個長不大的孩子。」他無力的嘆了一口氣。

安永煥學長為了要趕早上八點半的那堂課，還沒八點就離開醫院了。然後，那個聽說早上沒課的伍邵凱在學長離開後沒多久，就橫衝直撞的跑來醫院，一副像是來見我最後一面似的。

一定又是顧宇憂告訴他我出事了，唉。

「你居然被狼咬傷了！」

當我把整件事的經過告訴他之後，他整個人又氣又急的，急的是我居然被狼咬傷，氣的是居然不帶他一塊兒去探險。

接下來，他一直留在病房裡跟我東拉西扯的聊廢話。

到了早上十一點，醫生來病房替我檢查傷口之後，建議我多留一天再出院，但我謊稱自己下午有很重要的課要上，他只好無奈的放人。

我可不想在醫院睡到發霉咧！

跨上伍邵凱的野狼後，他遞來安全帽時，還故意取笑我，「喂，小心它咬你屁股。」

錯愕了老半天，我才弄懂了他話中的意思，當場直接在他腦袋呼了一巴掌。

「野狼是吧?哼！」

「痛啦！」他哀號，然後話鋒一轉，「對了，盧小佑早上傳了封簡訊給我，問我們傍晚六點方不方便。」

對喔，差點忘了今晚要去她家應徵當她弟妹的家庭教師。

不過人家早上才跟我告白的說，再次見面一定會很尷尬，可是伍邵凱又很缺錢……呃，反正應徵的對象是她老爸，只要不把視線落在她身上就好了。

「去啦，你不是很缺錢嗎?那就速戰速決啊，說不定明天就能開始賺錢了。」

「哈，你這死黨真是善解人意。」

「少拍馬屁了，給我專心騎車啊。」拍了他的肩膀一下，我沒好氣的提醒他。

「知道啦！」

※……※……※……※

匆匆在外頭解決午餐之後，載著兩個傷兵的野狼直接飆進了校門口，引來了無數白眼。

才停妥機車，旁邊馬上出現了一抹黑色身影。

慘了，那黑影是一襲黑衣黑褲，手上捧著書本的顧宇憂！滑下野狼後，我巴不得馬上拔腿跑向講堂，以逃離那隻貓男凌厲目光的注視。

都是伍邵凱不好啦，竟然以這種高調的方式衝進停車場！

「啊，學長好！」一旁的伍邵凱漾著燦爛的笑容向他打招呼。

「你不是應該留在醫院休養的嗎？」顧宇憂走上前，有些不悅的揚起眉。

「啊，因為下午有很重要的課要上啦。」我用了相同的藉口搪塞。

但眼前的未來醫生看起來聰明多了，可沒那麼容易被唬爛，「我查過了，下午的課是維爾森的，你可以直接向他要筆記。」

「呃……」尷尬死了，我突然靈光一閃，馬上轉移了話題，「那個盧小佑……」我把盧小佑喜歡我的事小聲的說出來，一旁的伍邵凱也在拉長耳朵偷聽。

聽什麼聽？在醫院時不是已經跟你說了嗎？！

「有疑點。」顧宇憂馬上做出了結論，「若她就是凶手，應該在戴家命案發生前就已經喜歡上你了，所以她在說謊。」

「這麼說來，她是假裝說喜歡我，想要我放下戒心嗎？」

如果那些告白的話只是緩兵之計，那麼就能解釋之前那些不對勁的地方了。總之她的目標只有一個，那就是殺了跟我接觸過的人，不管對方是不是喜歡我。

顧宇憂點點頭，繼續說：「警方今早已經開始派人盯著她，相信她短期內應該沒辦法再對其他女生下手，等一找到證據，就會馬上逮捕她。」

對啊，現在就是缺乏逮人的證據吧？

咦？說不定她家裡有留下一些有用的證據吧？諸如日記本或犯罪工具，甚至是狗糧！說不定長期跟那頭狼相處，衣服的布料會留下一些毛髮。雖然有些聰明的凶手懂得消滅證據，但總會留下一些蛛絲馬跡的。

天啊，我真是個天才！

「對了，我們今晚要去盧小佑的家。」我把應徵家庭教師的事告訴顧宇憂，卻隱瞞了要到她家找證據的想法，因為憑我對他的認識，他一定會反對到底。

這種見不得光的事，還是拉伍邵凱跟我一起冒險好了。

「受傷了還這麼忙？」紅眼少年冷著一張臉瞪著我們手上的繃帶。

「呃，伍邵凱不工作的話，就沒錢繳房租了啦。」我拿他來當擋箭牌，今晚我無論如何都要去盧小佑的家一趟，以揭開她是不是那個神祕女凶手的謎。

「待會下課後，我送你們過去，機車就暫時停在這裡好了。」又是不容他人拒絕的語氣。

「好啊，學長真是好人！」伍部凱開心的道謝。

也對啦，他自己也受傷了，騎車時一定很不方便，說不定還會弄痛傷口呢。只要能去盧小佑家，坐誰的車過去已經不重要了。

我也連忙點頭說好，免得這冰山又突然改變主意。

「那下課後再聯絡。」瞥了一眼手錶，顧宇憂又像隻貓兒般輕盈的一旋身，走向校舍。

·第九章·

意想不到的那人

快來替那些消逝的靈魂報仇吧，
殺了我，你就能如願以償了！

・九・意想不到的那人・

下午四點多，我與顧宇憂兩人待在停車場旁一棵樹下的凳子上。他大腿上擺了一本類似筆記本的簿子，手裡拿著鋼筆不曉得在寫些什麼。

按了安永煥學長的手機號碼，我繼續撥打他的手機。

「還是沒人接聽。」打從四點一離開講堂，我就開始打電話找他。

顧宇憂說這人下午三點過後就沒課了，不曉得跑去哪邊廝混了。

「他該不是忘了要拿筆記給我吧？」早上我們才在醫院說好，他下午要把借到的筆記拿給我，「喂，安永煥學長沒接電話。」轉向旁邊那個一副事不關己的少年，我可憐兮兮的說。

「去講堂看看吧。」合上筆記本，他這麼說。

也對，只能這麼做了，直接殺去講堂逮人！

還以為顧宇憂會叫我自己上去找人，沒想到把背包放進前面不遠處的車裡後，他轉身向我點了個頭，要我跟上他。有人帶路當然是最好不過啦，鬼才知道那個安永煥下午在哪間講堂上課。

來到那棟那天才發生爆炸，一連死了兩個女生的校舍，顧宇憂直接登上了六樓。

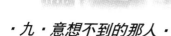

六樓呢，不就是那個顏雨希墜樓的樓層嗎？我眼皮抽搐了兩下，有種怪異的感覺不停在心底擴散著。

來到某間講堂門口，裡面有幾個學生圍在那邊，大概在討論論文之類的事情。一看見顧宇憂，他們紛紛抬起頭來。

「學長？請問有事嗎？」其中一個男生馬上認出這個校園風雲人物。

「安永煥在嗎？」顧宇憂問。

「不在呢，請問學長找他有事嗎？」

「我們要跟他拿筆記。」

「啊，對了，他好像有留下筆記本，說有個叫元澍的學弟會來找他拿。不過他剛才匆匆離開，沒留下對方的電話，所以我們不曉得要怎樣找人，只好在這裡等著。」

「我就是元澍。」我馬上趨前一步，禮貌的自我介紹。

「啊，原來就是你。喏，筆記本在這。」說話的男生來到我面前，把兩本筆記本遞給我。

接過筆記本，道聲謝，我好奇的問：「學長走得這麼匆忙，有要事嗎？」

「可能吧，可是他沒說去哪裡啦，而且臉色不怎麼好看。唉，自從他暗戀的丘靜宜死了以後，整個人都悶悶不樂的。」他目光黯淡的說。

我與顧宇憂同時一怔。

「丘靜宜？」顧宇憂似乎想確認對方是不是搞錯人了，再次確認道。

「對啊，就是在迎新活動那晚失足掉下山崖的女同學。」那男生一臉肯定的點點頭。

原來……安永煥學長暗戀著丘靜宜學姊，呃，可是為何沒聽他提起過呢？也許暗戀，是一種說不出口的愛戀吧？心裡忍不住替他感到難過，差一點，我就要成為他的情敵了。

「放心啦，我們這陣子都盡量陪著他，希望他能儘快度過這個低潮期。」

點點頭，我不再發問。

與顧宇憂對視了一眼，正準備離開講堂時，我突然多嘴問了一個問題：「顏雨希學姊那天是從這樓層摔下去的吧？」我記得這女生是跟安永煥同系的，而且同樣是大二生。

「對啊，就在前面的走廊而已。」他指了指講堂外的走廊，「那時候安永煥剛好就站在她旁邊，但一切發生得太快了，他想要伸手抓住往下掉的顏雨希，卻已經來不及了。」

原來如此。點了點頭，不疑有他，我向學長道了聲謝，轉身追向已走遠的顧宇憂。

下午五點左右，伍邵凱出其不意來到那棵大樹下，用力拍了我肩膀一下。

嘖，這種惡作劇用在傷患身上，真是超沒良心的，下次有機會我一定要雙倍奉還！

「對了，盧小佑呢？我以為你會約她一起回去，反正有司機嘛。」我厚臉皮的對著正在看書的紅眼少年笑一個，該死的他居然把我當透明。

「她沒來上下午的課喔。」把背包往身後一甩，伍邵凱這麼說。

「是嗎?」可能昨晚熬夜在醫院守著我，所以今天索性請假休息吧……咦?還是她打算又再殺人?我嚇了一跳，下意識捉住顧宇憂的袖子，「殺人，她又去殺人了嗎?」

「警方那邊已經派人跟蹤她，之前才接到嚴克奇的來電，說她今天待在家休息，一整天都沒出門。如果有可疑的地方，跟蹤她的警察會馬上回報的。」他拋來一個「你想太多」的眼神。

「對啊，所以沒消息就是好消息!哈哈哈，總之我們今晚準時赴約就對了啦。」伍邵凱打哈哈的拍打我的背。

喂，我的背一生下來就是被你當沙包的嗎?

「先找個地方吃晚飯吧。」顧宇憂見該來的人已經到了，就逕自坐上了車。

※ … ※ … ※ … ※

來到一家靠近盧小佑住處的西餐廳，我馬上點了份特大牛排，而且還要求七分熟，補血嘛。

「小心細菌感染。」那個醫學系的少年這麼說我。

「你別管我啦。」我要補血啊，補血!

等了約莫十五分鐘，香噴噴的牛排一上桌，我馬上拿起刀叉一頭栽進美食當中。沒想到剛才那個端牛排給我的服務生突然驚呼一聲：「元澍！」

欸？誰啊？居然打擾我享用美食……有些不情願的吞下第一口牛肉，我皺著眉抬頭看她，然後也跟著叫了起來：「那個！情書！」

有天早上我一連收到了三封要轉交給某人的情書，她就是其中一封情書的主人，也是唯一一個沒有遭到毒手的女生。

「我叫俞函啦，那個情書的事謝謝你啦，雖然教授最後還是拒絕了我。」她有些沮喪的說，但臉上始終保持著禮貌的微笑。

「原來妳在這裡打工啊。」為避免觸及她的傷心事，我假裝轉移話題。

「對啊，我做到晚上十點，今晚也不例外。以後要常來光顧噢，可以叫老闆給你們打折。」

這女生人真好啊。

「嗯，以後一定常來！」如果這份家庭教師的工作有著落的話。

「那就先謝謝你囉。對了，我還要忙，我們改天再聊啦。」說完，她又匆匆跑進了廚房。

「你應該提醒她這陣子要小心點。」伍邵凱小聲的說。

「這樣說會嚇壞她吧？畢竟學校裡的人，全都認為那些女生的死只是意外……」

「沒有必要引起恐慌，畢竟案件仍在調查階段。」切著盤子裡的魚排，顧宇憂打斷我的話。

魚排咧，他果然是貓！

「對對對，就是這樣，若是同學都不敢來上課，學校方面會很困擾。」我點頭附和。

聳了聳肩，伍邵凱也沒多說什麼。

飽食一頓之後，也差不多到了約定的時間。顧宇憂開車載我們來到目的地之後，索性留在車上，又再對著筆記本塗塗寫寫。只要沒干擾到我們，我還管他在寫情書呢。

稍微整理了儀容，我才按下鐵門旁邊的門鈴。但迎接我們的卻不是笑臉迎人的盧小佑，而是一個神色慌張、緊張失措的中年男子。

一開始，我們還以為找錯地方了，可是核對手機簡訊裡的地址之後，發現沒錯啊。盧小佑擔心我們找不到地方，還特地用簡訊把地址發到伍邵凱的手機裡。

「我女兒到現在都還沒回家，連手機也打不通，我們正打算出去找人呢！」

在道明來意之後，那個中年男子是這樣回答我們的。看樣子，他應該是盧小佑的父親。

「通常上完課，她就會直接回家了，如果有事耽擱或想要外出，她一定會先打電話交代一聲的。」

「可是，她下午沒來上課呀。」伍邵凱更感覺奇怪，說了今天上課時根本沒見到盧小佑。

「咦?她中午十二點就出門去了，說要去上課。」中年男子又吃了一驚。

我記得顧宇憂說過，跟蹤盧小佑的警察說她今天一整天都沒外出吧？可是，她父親卻說她中午出門去學校上課？

連猶豫的時間都省下來，我直接跑回車子，敲了敲司機座的玻璃窗。

「怎麼了？」那個紅眼少年放下車窗，懶洋洋的瞥了我一眼。

我把盧小佑父親的話一字不漏說給他聽。他馬上拿起手機，撥通了嚴克奇的電話。在等待電話接通的空隙，我又跑回伍邵凱身邊。

「慘了，不知道是不是跟那天一樣遇到了壞人呢？」她父親心急如焚的來回踱步，「我真大意，現在外面這麼亂，我應該抽時間到學校接她的，拜託她千萬別出事啊……」

「元澍！我們去附近找找看！」伍邵凱扯住我手臂，硬是拉著我沿著人行道跑去。

「可是地方這麼大，要從哪裡找起呢？」我也跟著慌了。

「夜市附近，也就是那天出事的巷子！」

「可是顧宇憂那邊……」不告訴他行嗎？

「他自己會跟上來的！」救人心切，他也顧不得是否會被冰山的眼神凍死。

我點點頭，跟著伍邵凱用盡力氣往前跑。

這裡離夜市很近，所以才跑了個五分鐘，就已經來到了那天的巷子外。

「我們分頭找找看！」他丟下這句話，就匆匆跑進巷子，可是才拐了個彎，他又跑出來把我往內拉，「你這個路痴，還是一起找好了。」

喂，這句話可以省略下來嗎？

我們沿著微弱的路燈光線找尋盧小佑的身影，可是找了快半個小時，連個鬼影都沒看到，莫說盧小佑了。

「巷子都快被我們踩爛了，她一定不在這裡！」伍邵凱盡量讓自己冷靜下來。

「喂，你說她會跑去殺人嗎？」停下腳步，我問他。

「殺人？」回過頭，他咬著下脣思考。

「現在只剩下俞函還沒出事對吧？」

「元澍，如果她要殺人，說不定俞函早在下午就已經死了，但我們剛才也看到了，俞函還在餐廳裡打工。」

也對，餐廳裡人來人往，凶手不至於笨到選在那種地方下手。

「記得嗎？盧小佑的父親說，她中午就已經出門了，但下午卻沒來上課，說不定是真的遇到危險了。」他補充。

危險嗎？唉，我思緒亂糟糟的，理不出個所以然。

當下，還是先把人找出來要緊吧。

「不在這裡的話，那麼她會跑去哪裡呢？」我百思不解，「不如我們沿著前往大學的路上找找看吧。」可是又覺得這樣子很花時間，說不定她跑去哪裡玩了……

「對了！」我忽然靈光一閃，問：「盧小佑是搭公車去學校的吧？」

「怎樣？」他似乎聽不懂我的問題。

「那我們去公車到站的地方！」我當機立斷的說：「我們去問問巴士司機，盧小佑今天有沒有搭公車去學校，有的話，那我大概知道她會去哪裡。」大概又去後山那棵百年老樹許願吧？

「對喔，怎麼我沒想到！」他拍了自己額頭一下，「我知道這裡最近的公車站在哪。」說完，在辨清方向後，他又開始跑了起來。「這附近就只有一個公車站，相信盧小佑都是在那邊搭車和下車的。」

一來到那個看起來有點偏僻和鳥不生蛋的公車站時，我隱隱約約感到有些不對勁。我好像聽到了一些不尋常的噪音，像是有人在地上爬動，又像在掙扎……

傾耳一聽，那些窸窸窣窣的聲音好像是從車站旁一條又窄又暗的巷弄傳出來的。不假思索，我馬上邁開腳步衝進巷子裡，直覺告訴我裡面一定發生了什麼事，說不定盧小佑就在裡面！

「元澍！你怎麼了？」伍邵凱見狀，馬上追了上來，「小心點！這裡什麼都看不到，危險啊……」

我把他的話當耳邊風，更加賣力的往前奔跑。

大約跑了一百多公尺，我突然感覺腳下踢到了某個柔軟的東西，整個人立刻往前撲倒。

「哇呀——」

「元澍！」伍邵凱縱身一躍，想要上前來抓住我身體，沒想到連他也被絆倒了，兩人一起狼狽的滾成了一堆。

「幹！你沒說地上有東西！」他低咒一聲，抱著裹著繃帶的手臂爆粗口。

「你也沒說你會英雄救美啊！」我不甘示弱，拜託我受傷的手也很痛好不好？不知道傷口有沒有裂開。

「痛死了！」他還在哀號。

稍微冷靜下來後，我發現空氣中瀰漫著濃烈的血腥味。該不會是我們的傷口都爆開了吧？！

「你聞到了嗎？」我推了推伍邵凱。

「咦？血的味道？」原來他也聞到了。

我馬上拿出手機啟動手電筒功能，眼前的視線頓時一片光明。

「喂，你不會早點用這個啊？」他沒好氣的指了指我手機，忍住想要拍我頭的衝動。

「情急之下，誰會想這麼多啊？」我邊說邊照向我們手上的綳帶找尋鮮血味道的來源時，伍邵凱忽然無聲的拍了拍我肩膀，然後指了指剛才絆倒我們的「障礙物」。

「是人！」把手電筒的光線移到了那個「障礙物」上面時，我們很有默契的同時喊出聲。是人沒錯，而且還是我們跑遍了夜市附近的巷弄都找不著的盧小佑！她側躺著身，正瞪著一雙大眼睛看著我們，不過瞳孔裡已失去了聚焦。

巷口傳來了有人跑動的聲音。已被嚇破膽的我偏過頭，看見那個跑得有點喘的少年。

「嚴克奇說，那兩個跟蹤盧小佑的刑警被襲擊了，在她家附近一個偏僻的地方被擊昏……」他邊說邊把目光瞥向跌得東倒西歪的我和伍邵凱。再把目光往旁邊挪去，他也是微微一怔。

「盧小佑……」

「剛剛接到同僚通知，那個吳義已經在加護病房內醒過來了，沒有生命危險。這人欠了一筆債務，那天才會被討債的人抓去那邊恐嚇。原本對方只是想給他警告，沒想到卻用力過猛，把人打昏了。」等待某法醫檢查盧小佑的屍體時，嚴克奇這麼說。

果然……跟盧小佑無關。

為什麼那個吳義不早點醒過來，證明盧小佑是無辜的呢？

某個原本應該待在驗屍房驗屍，卻硬被嚴克奇抓來這裡檢查盧小佑屍體的傢伙一走出巷弄，馬上簡述初步的檢驗和發現。

「死者雙手被人反綁於身後，雙腳也被綁住了，嘴上還貼著膠布，皮膚有曬傷的痕跡。不過，卻剛死沒多久，死因是被人擰斷脖子，頭蓋骨也有裂痕。死者旁邊有個紙箱，一般猜測，她之前被人藏在紙箱裡，後來不知道是自己逃出來或被人捉出來，然後再被取走性命。」

巷子裡，盧小佑的父母哭得稀裡嘩啦的，見者都感到心酸不已。

我和伍邵凱現在正目光呆滯的坐在公車站旁邊的路墩上，一邊聆聽維爾森與嚴克奇的對話。

顧宇憂也在一旁聽著他們談話，一邊思考。

「這麼說來，是有人直接捉著盧小佑頭顱，硬生生擰斷她脖子，才會出現骨裂的痕跡。」顧宇憂若有所思的說。

「正是。除了這些，頭顱和身上都沒有外傷，骨裂的情況不是由硬物造成的。此外，顯然她死前連掙扎的機會都沒有，就直接斷氣了。」維爾森點點頭。

什麼人啊？竟能徒手把人的頭蓋骨弄裂了？

能一手擰斷別人的脖子，一般人怎麼可能辦得到？

「盧小佑的屍體被發現時還沒開始僵硬，換句話說，她的死亡時間與屍體被發現的時間很接近。」維爾森繼續匯報。

「所以我猜測凶手可能還在這附近，但我們發動很多人手進行地毯式的搜查後，卻一無所獲。」嚴克奇接下去說。

「當時周圍很暗，我們也沒有聽到有人逃走的聲音。我們找到盧小佑時，她卻已經斷氣了，如果能早一步發現她的話，也許能救到她。」伍邵凱加入了他們的討論。

「她也是受害人……當初我不該懷疑她的，如果我從頭到尾都相信她，說不定她就不會死！」我有些激動的把手指埋在髮間，悲憤莫名。

「她的死法跟其他的女生不同。」顧宇憂把目光瞥向我，眼神裡透露了某種信息。

「對啊，之前不是自殺就是意外身亡。」嚴克奇撫著頭，無力的說。

「如果凶手不是盧小佑，那會是誰？」沒想到之前的推測全被推翻了，顧宇憂環抱著胸，大概把有可能是凶手的面孔全想了一遍。

嚴克奇還想說話，但他手機忽然響了起來，他說了聲抱歉，就跑去角落接電話了。

嚴克奇一離開，我們都很有默契的閉上嘴巴，眼神追隨著嚴克奇已走遠的背影。他的嗓門很大，雖然跑去十幾公尺外的地方接聽電話，聲音卻還是清楚的傳進了我們耳裡。

「……男人頭髮？……布料纖維？男人的嗎？呃，好，我再安排看怎樣做對比，就這樣。」

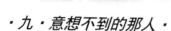

一收線，他有些匆忙的跑回來，說道：「羅彩意自殺的現場，鑑識組的人在她死亡的隔間裡找到一些頭髮，進行化驗後發現有男性的頭髮。」

「男性？我記得那是女廁吧？」維爾森最先反應過來，「那麼那個男人很有可能是殺死羅彩意的凶手，而且也可能是校內的學生。可是，校內的男性這麼多，要比對ＤＮＡ的話，需要花費很長的時間。」

「還有，羅彩意的指甲裡有找到一些布料纖維，是某個名牌的男性襯衫。」嚴克奇繼續未說完的話。

「對了，昨天重驗羅彩意的屍體時，我發現她齒縫間有些皮膚組織，現在也在等著化驗報告。但初步檢驗，不是屬於羅彩意的。」維爾森像是想到了什麼。

「羅彩意是斷舌而死，如果拔斷她舌頭的另有其人，那麼她很有可能在凶手逞凶時咬傷了對方手指。」顧宇憂推測。

一開始，由於深受那個神祕女凶手的影響，我們都把矛頭指向女生，才會對盧小佑起疑，進而忽略凶手有可能是男生。

男生……會是誰呢？究竟是哪個男生會對我的事瞭如指掌呢？而且從中午至下午這段時間能擄走盧小佑的……

對我瞭如指掌的人，不外乎就是維爾森、顧宇憂和伍邵凱……

看著面前的三人，一個一直待在驗屍房解剖屍體，已經忙翻天了；另外兩個下午都在學校上課，一下課就都跟我在一起，他們都不可能綁走盧小佑……除非是下午突然消失的人……

咦？安永煥？這人說好下午要拿筆記給我，結果把筆記本交代給自己同學代為轉交，然後非但沒接我電話，也沒有回電。另外，顏雨希學姊墜樓時，他就站在她旁邊而已，把她推下樓的可能性很大。然後，他暗戀著丘靜宜學姊……

等等！不止這些，就連羅彩意、杜禾珊和顏雨希學姊拜託我轉交情書時，都被他瞧見了，說不定丘靜宜學姊向我告白時也一樣，還有蘇悅慈請我吃巧克力的事，他都知道！

更教我驚慌的是，那天盧小佑在醫院向我告白時，也被他聽到了！

對了，那天我無意間發現他右手的食指與中指纏著繃帶。他說是切菜割傷的，他又不是左撇子，如果以右手握刀，被切傷的應該是左手才對吧？

我怎會忽略這個一直在我身邊打轉的直屬學長呢？

「顧宇憂！」我立刻把內心的想法統統說出來。

「如果安永煥是凶手，那麼……俞函說不定有危險！」他冷著一張臉宣布。

「西餐廳。」只說了三個字，顧宇憂馬上掏出車鑰匙。

我立刻會意，馬上跟過去。

「我也去！」伍邵凱也追了上來。

另外兩人還沒搞清楚狀況，顧宇憂的車子早已化為弓弦上的利箭，「咻」一聲衝出了馬路。

十萬火急來到西餐廳，已經是晚上十點十分了，店裡店外黑漆漆一片，早已經打烊了。

「糟了！她是怎樣回家的？走路嗎？還是騎腳踏車？」我急如熱鍋上的螞蟻。

「別這麼擔心啦，說不定安永煥不會在這時間下手。」伍邵凱拍拍我肩膀好言安慰。

「我們分頭找找看。」顧宇憂提議，然後馬上付諸行動，朝向左邊走去。

「伍邵凱，你往右邊，我去中間看看。」我指著中間方向。

「你……」猶豫了一下，他大概又擔心我迷路吧。

我連忙露出一個要他放心的笑容說：「分頭找比較快，放心啦，我一路直走，不會隨便拐彎的。」說完，也開始往自己指的方向跑了過去。

這一帶有點靜，連個人影都沒看到，要是遇到了壞人，說不定連個求救的對象都沒有。

想到這，我就更加擔心俞函的安危了。早知道剛才跟她要手機號碼，聯絡起來也比較方便。

我一直往前走，這條不知通往哪裡的路好像越來越窄，而且路燈也越來越少，大概是通往哪個偏僻的郊區吧。

在靠近盡頭時，我看到路邊倒了一個瘦小的身影。

「俞函？」我有些慌張的跑上前去，發現她整個人平躺在地面上，張著嘴，兩顆眼珠子瞪得很大很大，差點就要掉出眼眶了。

「喂！妳怎麼了？」我捉住她的肩，發現她身體還是暖和的，但不管我怎樣搖她，都沒有反應。探了探她鼻息，赫然發現她已經斷氣了！

現在是怎樣？身上完全沒有傷痕，連瘀青都沒有，該不會是見到鬼而被嚇破膽翹掉了吧？還是脖子又被人擰斷了？

正想起身掏出手機打電話給顧宇憂時，眼前突然快速躥出一道頎長的身影。

「來到俞函打工的地點，你大概已經猜到凶手是誰了吧？」陰沉的聲音，令周圍的溫度驟然下降。

原來真的是你，安永煥！

「學長！你把俞函怎樣了？」

「我只是追了她兩條街，然後眼睜睜看著她哮喘病發作，在搶救不及下死亡而已。」

「你……」沒想到他竟能找到俞函身患哮喘病這弱點，好可怕，這個人太可怕了！

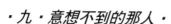

「別再殺人了，她們都是無辜的！」站起身，我怒目瞪著他。

無視於我的怒火，他「刷」一聲抽出一把散發著寒光的匕首指著我。

「無辜？那些只看上男人英俊外表的女生們，統統都該死！還有你！自以為長得比較好看一點就把女生的魂全都勾走了，享受於被女生團團圍住的虛榮感當中，礙眼死了！」

「所以你才會萌起殺意？」

「沒錯！像我們這些長相平凡，卻擁有內在美的男生全都被忽略了！所以那些只迷戀於男生外表的女生全都死有餘辜！」安永煥布滿血絲的眼睛惡狠狠的瞪著我，彷彿想用目光戳死我。

「不，不是所有女生都這樣的！」盧小佑就是其中一人啊，雖然我周圍的男人都長得比我好看和優秀多了，但她卻選擇了我。

「喜歡一個人，勇於追求自己所愛，有錯嗎？雖然不見得都能得到對方回應，但她們都勇於表達出自己的心意啊。」雖然那些女生最後都沒被維爾森接受，但我相信她們都跟俞函一樣，心裡不再抱著遺憾吧？

「學長，你喜歡丘靜宜學姊對吧？但你把這份心意藏在心裡，她怎會知道呢？你氣她向我告白，然後殺了她，心裡也對我存有大大的不滿。接下來，你見有其她女生接近我，也同樣把她們殺了……」我的話還沒說完，卻突然感到頭昏腦脹，然後兩腿發軟，整個人直接跪倒在地上。

奇怪，我到底怎麼了？雙手按著地面，我勉強支撐著身體不讓自己倒下。

安永煥突然放聲大笑，「沒想到你對我完全沒有戒心，把我早上買給你的粥全喝了個見底，裡面下了什麼藥，你大概也不知道吧？」

「藥？」該死，差點忘了安永煥是醫學系的，可是，他到底在粥裡混了什麼藥？

「虧你還是讀藥劑的，對於藥味的敏感度也未免太低了，要下手簡直易如反掌！」

「你……到底給我吃了什麼？」頭好暈，我有些艱難的吐出這些話。

「現在告訴你已經沒有意義了，反正你很快就會死在我手上了。」握緊手上的匕首，他踏著沉穩的腳步逼近我，一把抓住我頭髮，逼我仰起頭看著他發狂的樣子。

「真討厭，原本那天要你跟丘靜宜一起葬身於山谷裡，卻被你逃過一劫了。」

「原來那頭狼……是你故意放出來，想要連我也一起逼下山崖吧？這麼說來，學姊是被你推下山崖的……狗糧，也是你……託盧小佑買的是吧？」

我懂了，那天他故意說學姊為了找我而遇到危險，原來是想轉移焦點與掩飾自己的罪行，害我以為自己害死了學姊，都快要被內疚感折騰死了。

「呵呵，很聰明嘛。那天我不小心看見丘靜宜向你告白，整個人氣瘋了，跟她理論後，我一時氣在心頭，在斜坡上把她推倒了。沒想到你剛好出現在那邊，還成功救起了她，我索性放狼出去把你們兩個都逼下山崖，沒想到你卻被人救走了，接下來還被更多女生告白！那個羅彩意知道吧？她的舌頭，可是被我活生生拔下來的喔，然後再眼睜睜看著她痛死，哈哈哈……」

你還是人嗎？！

「然後，我正愁著要怎樣殺死蘇悅慈時，她卻因為羅彩意的死而到後山散心，真是天助我也！還有實驗室爆炸那天，我假意到那實驗室找教授，製造第一次的爆炸，再趁亂把玻璃刺進杜禾珊腦袋裡。後來見你靠近那邊，原本想連你也一起炸死，沒想到竟被你僥倖逃過一劫，正當我氣憤無法一舉消滅你時，那個倒楣的顏雨希正好站在護欄邊看熱鬧，所以我順手解決掉她了。」

說到這，他收緊手上的力道，我的頭皮差點被他扯掉了。

「原本那個盧小佑，我也想好好折磨她一番，製造她遇上交通事故身亡的假象，沒想到你們這麼快就找到了藏匿她的地方，原本還想讓她毀容和斷手斷腿的說。」

這個人好變態！

「我告訴你，在這種偏僻的地方，沒人會來救你喔，呵呵呵……」高舉手上的匕首，他準備一刀抹向我脖子，「殺了你，再把你的屍體磨成粉，丟進海裡餵魚。」

喂喂，跟我告白的只有丘靜宜學姊和盧小佑而已，剩下的全都是喜歡維爾森的啦！為什麼我要被人誤會，然後現在變成砧板上的魚肉任人擺布啊？

一想起盧小佑因為不小心說了喜歡我的話而遭到毒手，而我事前完全不相信她的真心話、不相信她對我動了真感情，一顆心就揪痛到不行。好想替盧小佑報仇，替那些冤死的女生討回公道……可是我現在卻完全使不出力氣來，好沮喪、好氣憤！

那把閃亮亮的匕首，眼看就要在我脖子捅出一個血窟窿，我感覺體內的怒氣與悲憤的情緒直衝高峰，然後那些熟悉的力量開始在我體內蠢蠢欲動，等待著被釋放……這到底是什麼樣的感覺？我一時也說不上來，只覺得失去的力氣一點一滴回籠了，貫滿了我全身細胞。

我一把抓住了那隻握著刀子直落我脖子的手，然後眼前的視線開始變清晰了。

安永煥露出了見鬼般的怪異表情，驚恐萬分的瞪著我。我稍微使力，安永煥在空氣中翻了一個筋斗，然後用力摔向不遠處的地面上。那把匕首，也在眨眼間來到了我手上。感覺身上受創的地方正一點一滴的自我修復著，這種感覺……似曾相識。

「嘩啦」一聲，被摔得不輕的安永煥噴了一口鮮血。

血腥味呢……好懷念這味道。

「哈哈哈……沒想到你還有這一招，快來替那些消逝的靈魂報仇吧，殺了我，你就能如願以償了！」搖搖晃晃的站起身，無畏的對著我狂笑，他身體再度化為疾風襲向我。

這種程度對我來說太小兒科了。冷笑一聲，我騰空躍起，打算以膝蓋扣住他脖子再摔向地面，直接壓碎他的頭骨和動脈，再看著他體內的血液慢慢流乾、痛苦的死去。

「等待覺醒的魔人，奪去我的靈魂吧！魔人的時代很快就要重臨了！」

魔人？

眼前的人完全把性命置身事外，迫不及待看著我來勢洶洶的襲向他，不停的以言語刺激我。

「殺了我，只有讓自己雙手染著我的血，就能阻止更多可怕的殺戮了……」

我頓了頓。他的話令我瞬間清醒了。為何他會突然提到魔人？為何要說出與戴欣怡大同小異的臺詞？

不、不能殺他，殺了他就不能釐清真相了！

「唔……」殺人的念頭一從腦海裡消失之後，我身體一軟，頭暈的感覺再度來襲。接下來，我身體也直接從半空撞向地面，感覺左手的傷完全裂開了，痛得我冷汗淋漓。

安永煥見機不可失，一定會反擊，完蛋了我！老爸，你兒子很快就要下去跟你團聚了！

「元澍，沒事吧？」

「顧宇憂……」為什麼每次出事時，他都能及時在我面前出現？只要他在我身邊，不管有多懼怕或慌亂，很快就會煙消雲散，被安心的感覺所取代。

「你來了……」整個人一放鬆，我幾乎是立刻暈死過去……

·第十章·

陽光已不在

元澍，我要你記住，
是你的優柔寡斷害死了你自己的朋友！

我在醫院昏迷了兩天兩夜，整個人瘦了一大圈，乾巴巴的再也可愛不起來了。

安永煥不曉得在粥裡下了什麼藥，幸好不是那種一睡不起或砒霜之類的毒藥。經化驗後，維爾森相信那藥是安永煥自己調配的，類似安眠藥的一種，吃了會渾身乏力、神智不清。神奇的是，他能控制藥效發作的時間。

要是沒犯下殺人罪，他日後也許會成為一個偉大的醫生或藥品研發人員吧，好可惜。

在我昏迷的兩天內，發生了很多事。

起先是安永煥被顧宇憂制服和落網後，卻在隔天一早被發現從警牢逃走，然後於同日下午被發現在某旅館客房內燒炭自殺，聽說好像是畏罪自殺。

此外，剛好被關在安永煥隔壁的那兩個劫匪也莫名其妙死了，而且現場血淋淋的非常恐怖，據說是其中一人咬破另一人脖子的大動脈，然後再咬爛自己雙手的動脈，兩人皆失血過多而死。

儘管安永煥已承認本身是殺死那些女大學生的凶手，且在羅彩意死亡現場找到的男性頭髮，以及羅彩意齒縫間找到的皮膚組織亦皆屬安永煥所有，但顧宇憂還是認為疑點太多了。

一開始凶手就擺明針對我而殺人，不管是戴家或這些女大學生的連環命案都一樣。

一直以來，被認定與戴欣怡聯手幹下一連串殺人事件的神祕女凶手仍逍遙法外，原以為她延續了戴家命案的目標，繼續針對我而製造出另一起連環命案——女大學生凶殺案，才會把目標鎖在身為女性的盧小佑身上。

沒想到凶手居然是個男性，而且顧宇憂認識安永煥一年多，認為此人在待人處事方面的態度都不曾有過如此極端的跡象。

重新檢視戴欣怡犯下的殺人罪，一個愛好和平的女生為了逃婚而殺人，怎麼說也有點偏激，雖然有人會一時衝動而殺人，但顧宇憂認識這女孩快要三年了，她凡事都深思遠慮，是那種以智慧而非暴力解決問題的人。

顧宇憂懷疑，不管是戴欣怡或安永煥，都很有可能受人擺布而殺人。

怎麼擺布？顧宇憂並沒進一步向我解釋。

在安永煥自殺當天，顧宇憂曾再度前往警局想要質問戴欣怡，沒想到她卻突然抓狂，整個人變得精神錯亂、語無倫次——換句話說，她瘋了。

兩起連環凶殺案的凶手同時遭遇了不幸，只是純屬巧合嗎？若是受人指示而殺人，那麼戴欣怡和安永煥只是某人設下的棋子嗎？利用完畢，就必須銷毀。

這麼說來，還有個幕後黑手是吧……

警方那邊，戴家連環命案與女大學生連環凶殺案，各別以凶手精神錯亂和畏罪自殺而結案。

實際上，一切還沒完結。

嚴克奇表明會繼續追查下去，直到找到那個神祕女凶手。也許，她就是幕後的那一個黑手。

後來，我發現無論是戴欣怡還是安永煥，與他們交手時，他們身上皆燃燒著怪異的力量，不像是人類該有的力量……那力量強大得令人懼怕。而那天對盧小佑下手的其中一個劫匪，好像也是那種模樣。

我馬上聯想到了「魔人」這詞。

然後……那天差點被安永煥抹脖子時，自己身上也曾爆發出一種很奇怪的力量，那種感覺說不上來，就是特別嗜血，也好想殺人。那麼我跟他們……我馬上喊停，不敢繼續往下想。

顧宇憂曾經在停車場制服過魔人吧？說不定針對這些個案，他有更深一層的看法，甚至知道一些我所不知道的事。

如果戴欣怡和安永煥都是魔人，那麼……他們為什麼一直要我雙手染上別人的鮮血？記得顧宇憂曾經問過戴欣怡一句話：「為什麼要選上元澍？」

沒錯，為什麼要選上我？難道我真的跟魔人……有關係嗎？

出院後一鑽進車裡，聽完顧宇憂敘述兩天內發生的所有事，再胡思亂想一通後，我拖著疲憊的步伐回到公寓，一進門後馬上來到沙發上坐下。

「我來準備晚餐，你先休息一下。」那個特地跑去醫院載我回來的人，轉身已走到廚房打開冰箱，熟練的拿出食材。

不會做飯的我，只有等吃的分。

起身來到房間門口推門而入，我想要在床上躺下歇著。隨手把背包放在桌上時，卻不經易瞥見桌上那個熟悉的粉色信封，以及褐色的公文袋。那是丘靜宜學姊寫給我的情書，以及安律師替我向警方申請取回的遺書——我爸自殺時留在現場的遺書。

隨手拿起公文袋，打開，我發現那遺書是用電腦打字的。

奇怪，想要自殺的人，還有閒情開電腦打遺書，然後再列印出來？咦？好像那個便利商店老闆也是這樣，燒炭自殺的人都很奇怪……

我微微一笑，實在不明白這些人心裡面在想什麼。

等等！燒炭？安永煥也是燒炭自殺的吧？

像是突然想到什麼似的，我馬上踢開房門，來到那個正在廚房忙碌的身影後面。

「那個……安永煥自殺現場，有沒有找到遺書？」

「怎麼了？」他懶懶的看著我，未停下切菜的動作，真擔心他一個不小心切到手指。

我把心裡的疑竇告訴他，然後他頓了頓，放下菜刀，把身體倚靠在梳理臺，淡淡的說：「有封遺書，電腦打字的，說他畏罪自殺。」

「也是電腦打字的……」我感覺很不對勁，非常不對勁。「這麼說來，不管是便利商店老闆，還是安永煥或我爸也好，這種死法和留遺書的情況未免太巧合了吧？他們……會不會都是被人殺死的？」我道出了心中的疑問。

「以現場的情況來看，都沒有掙扎過的痕跡，而且他們身上完全沒有任何傷痕，所以很肯定他們是自殺身亡的。」歛回目光，他轉過身繼續切菜。

「可是……」

「這種燒炭自殺的消息很常在新聞上出現過，也許大家認為這種死法沒那麼痛苦，就紛紛仿效。」

「是這樣嗎？」我半信半疑。

「嗯。」想也不想，他馬上點頭。

「可是遺書……」

「現在是E世代，人類過於依賴電子產品是很正常的現象。」

好吧，先撇開這件事不說，「還有另一件事。」趁現在自己還記得，我打算把腦海裡的問題全問出來，「那個魔人，關於這個都市流傳的魔人，能不能跟我解釋清楚，這類人，是真的存在於這世上吧？戴欣怡和安永煥都是魔人對吧？」

「魔人，那只是這個都市的傳說，但從來沒人見過……」他頭也不抬的說。

「騙人！你那天明明才擺平了其中一個魔人！我看到了，那天你在停車場制服那個魔人時，我全都看到了，也聽見了你們的談話！」退出了廚房，我這麼說。

沒想到一來到飯廳，我看見了那個不知道什麼時候回家的維爾森。

「呃……」站在玄關處的他僵直著身體看看我，又看向廚房裡那個拿著菜刀的傢伙。

「還有你！那天是你跟顧宇憂一起去商場的吧？所以魔人的事你也知道的一清二楚！你們到底是誰？是不是跟那些殺手一樣，都是有目的的接近我？你們到底想從我身上得到什麼？」幾乎是退到了窗口邊，我目光不停的在那兩個人身上遊走。只要情況對我不利，我打算跳窗逃命。

後來，我看維爾森嘆了一口氣，來到飯廳的椅子上坐下。

「阿宇，魔人的事就別瞞他了，好歹他也是元漳的兒子，偵探社的事，他有權利知道。」

放下菜刀，把手洗乾淨，一臉掙扎的顧宇憂冷眼瞪著友人，過了良久才妥協。他也來到飯廳坐下，然後拉開旁邊的一張椅子，示意我坐下。我猶豫不決，鬼才知道這中間是否有詐。

「放心，我不會傷害你的。」顧宇憂肯定的說著。

「對啊，那天在停車場你也見識過阿宇的能力了吧？真要斃了你，簡直易如反掌。」維爾森露出不懷好意的笑。

縮了縮脖子，我雖然有些害怕，但不得不硬著頭皮走過去，乖乖坐下。

「魔人的確存在於這世上，他們跟人類一樣過著一般的生活，但不是所有魔人都肯安分守己的過著普通生活。」開口的是顧宇憂，「而偵探社，就是為了壓制魔人為非作歹而存在的。」

「呃？」我有點不明白他的意思。

「意思就是，你爸的偵探社是專門接手處理與魔人有關的委託，這件事……嚴克奇也知道啦。」維爾森補充。

「欸？」那個死警察，前陣子我在他面前問起魔人的事時，他還睜著眼睛說瞎話，騙我說那只是一個傳說而已。

我在心底盤算下次見面時該如何出這口氣，顧宇憂已經接下去說：「魔人的事不能讓別人知道，否則只會引起恐慌。警方那邊，知情者也只有嚴克奇和少數的高層而已，所以只要疑似有魔人出現，他就會祕密通知我前去處理，也就是所謂的委託了。當然，他在外面安置了很多線人，當中不乏魔人。」

「那麼，你也是魔人嗎？」

「……」遲疑了好些時候，他輕輕的頷首。

果不其然。

「那麼那些類似白煙的東西是什麼?那天我見那個魔人的身上飄出了這些東西，然後……」

「然後灌進我身體了?」顧宇憂接下去說。

我用力點頭。

「我必須先向你解釋魔人到底是什麼……」

在顧宇憂的解釋下，我方才明白從古時代開始，世上有一種被稱為「魔人」的種族，他們是體質特殊的人類、擁有召喚出體內惡魔的能力，把惡魔控制為自己的奴隸並掌握其強大力量的族群。到了二十一世紀，他們的數量越來越少，幾乎快要滅絕於人類的世界。近千年來，他們都隱藏起自己的種族，與人類和平共處，讓體內的惡魔繼續沉睡下去。

他們並非一生下來就能直接召出惡魔，而是需要付出一定的代價。他們必須經歷「血祭」這階段，即在恐懼、激動或憤怒等情緒的激發下，加上殺人後讓自己的手染上別人的鮮血，才能解除體內惡魔的封印，召出惡魔，成為魔人。

沒錯，那代價就是殺人。

魔人擁有自癒傷口的能力，只有被純銀刀刺穿心臟才會斃命。每個魔人擁有一定的特殊能力，而且這能力代代相傳。此外，魔人也可以與體內的惡魔立下「血誓」，死後的身體和靈魂將歸體內的惡魔所有，但只要還活著，就能與惡魔同化，擁有不死之身，甚至掌握一般魔人所得不到的力量。不想失去靈魂和身體的魔人，幾乎快要忘了血誓這件事。

不過，只有完成血祭者才能被稱為魔人，否則只能被稱為魔人的後裔。

魔人、血誓……

「我的特殊能力，是能刪除或篡改人類或魔人的記憶。死去的人，我將奪走他們那些痛苦的經歷或遭遇，讓他們安詳的離開這個世界。至於那天遇到的魔人，我只是奪走他腦海裡那些關於魔人的記憶，以及重新封印他體內的惡魔，讓他重返一個普通人類的生活。這世上不需要魔人，他們只會擾亂整個社會的秩序。」

啥？顧宇憂還擁有封印魔人體內惡魔的能力？但我現在關注的不是這問題，而是那些人要我殺人，莫非……

「這麼說來，他們要我殺人，是想要我召喚出體內的……惡魔嗎？為什麼？」

「沒錯。」那個紅眼少年有些沉重的點了點頭，「也許他們需要你的力量，甚至特殊能力。」

果然……我是個還沒進行血祭的魔人！

我應該感到晴天霹靂的，但知道真相以後，心裡反而覺得踏實了不少，至少自己再也不是一無所知的笨蛋。魔人果然是確確實實存在的……

「你一定很想知道，你父親有沒有進行血祭吧？」維爾森笑嘻嘻的看著我，然後身體不由自主的靠過來。

看著他，我點了一下頭。

「你父親沒有進行血祭，也就是說，他以普通人的身分去處理這些魔人的委託。」顧宇憂耐心的解釋。

「普通人類?那要怎樣跟可怕的魔人對抗?」這不是以卵擊石嗎?

「元澍，人類的力量是不容小覷的，你不也成功制服了戴欣怡和安永煥嗎？」他似笑非笑的看著我。

「這麼說來，他們真的是魔人嗎？」我還是不敢相信這既定的事實。

這隻貓男又開始笑而不語了。

「那維爾森呢？」我轉向那個兼職大學教授的法醫。

「這個嘛，我可不想成為惡魔的傀儡。」站起身，他快步溜回房間。

我沒追問下去，只是喃喃的詢問自己：「……我會有什麼樣的特殊能力呢？」

「不知道，這些能力據說是代代相傳的，即是由父親或母親遺傳給兒女。元先生生前從沒提起過自己從父親那邊繼承了什麼樣的特殊能力，所以我也不很清楚。」

「那他們要我的力量來幹嘛？」

「不清楚。」顧宇憂認真的表情看起來不像在說謊。

抓了抓頭，我有點不知所措。「這麼說來，只要我一天不殺人，身邊就會不停的有人被殺？」可我不想害人啊，煩死了！

旁邊的人完全不理會我的哀號。

「顧宇憂……」我突然想到一個很嚴肅的話題，「你現在能擁有體內惡魔的力量，那麼你也殺過人，進行過血祭嗎？」

「這些事用不著你來管。」離開椅子，他又回到廚房忙碌去了。

不管我怎樣問，他都不肯告訴我。最後，他以自己要早點回去學校忙活動為由，叫我別打擾他做飯，硬是把我趕出了廚房。

沒錯，是學校活動。不，正確來說是那天因為丘靜宜學姊出事而被中斷的營火會。

由於連環殺人事件已告一段落，學校決定重新為大一新生補辦這項活動。

剛從重度昏迷中甦醒過來，我絕對有充足的理由拒絕參與這次的迎新營火會。

也許該這麼說吧，丘靜宜學姊突如其來的告白與死亡，已在我心底留下了陰影。誰知道那個變態的神祕女凶手會不會又濫殺無辜，抑或埋下另一枚殺人的棋子。

雖然顧宇憂告知因身為魔人後裔而惹上麻煩或問題的不止我一個，而他也會儘快找出那個神祕女凶手以阻止更多的悲劇發生，前提是我必須配合他才行。

唉，殺人或眼睜睜看著別人被殺害，都是我不願意目睹或經歷的事。

不確定他口中的「儘快」到底有多快，可是他都已經表明了嘛，要處理的魔人問題不止我這邊而已，我也不敢催他或煩他。

傍晚一吃過晚飯，見顧宇憂出門前往學校後，我正想回到床上休息時，伍卲凱卻直接殺到公寓來，硬是把我拽起身，要我跟他一塊兒去營火會看美女。

一說到女生，現在我只想逃得遠遠的，再也不想跟女生有任何瓜葛！

那些要我轉交情書的女生們，最好做好被我吼的覺悟，沒錯，心腸要壞一點才能杜絕麻煩。另外，我也必須壓抑對談戀愛的渴望，直到大學畢業，出社會以後才來打算。

靠，我的人生還有什麼意義啊？！但我卻不得不這麼做……

我欲開口拒絕伍卲凱的「邀約」時，他卻笑得很神祕，從背包裡挖出兩個面具，在我面前晃了晃。

「喂，你打算去搶銀行喔？」這個缺錢的傢伙，已經到了山窮水盡的地步了嗎？

「去你的搶銀行！」他轟了我腦袋一拳，「吶，這次我一定要用面具來擋掉那些臭學長，幹，要是他們敢再把我誤認為女生，我一定要他們好看！」

差點忘了，伍邵凱有過這麼一個「慘痛」經歷——被學長告白。

再說啊，那天要不是丘靜宜學姊被殺，伍邵凱也不至於迎新活動被中斷導致空手而回。唉，算了，難得伍邵凱這麼有興致，也難得這是一生僅有一次的迎新活動，少了這個回憶，我們的青春稱不上完整吧？

那麼，我就用這個面具把自己隱藏起來吧。

※……※……※……※

營火會在晚上八點，準時在學校的停車場舉行。

活動以派對形式進行，因此大部分同學身上都多了個眼罩或一對兔耳、貓耳、熊耳等等，而戴著面具混在人群裡的我才不至於成為異類。

同學們不分你我，以燒得劈里啪啦的營火作為中心點圍成了一個圈，一開始是自我介紹，然後是遊戲環節，還有人提議要去後山講鬼故事或玩試膽遊戲……無聊。我渾身是傷，無法參與那些緊張刺激、可以跟美女「親密接觸」的遊戲，只能摘下面具坐在凳子上喝飲料。

遊戲一開始，伍邵凱不知離隊上哪兒去，當我喝完飲料時，他還沒回來。八成又鬧肚痛了吧？不然就是跑去哪裡認識美女了，哼，重色輕友的傢伙。之前他已挑明要在活動中結識女生，不想阻撓他完成「終身大事」的我，只好在停車場附近隨意走走打發時間。

時間一分一秒流失，男男女女興高采烈的嬉笑聲不停灌進我耳裡。無聊死了，好想馬上開溜，那個見色忘友的伍邵凱怎麼還沒回來啊？

「元澍！」某個穿著風衣的男人突然從後攬著我肩膀，整個人貼了上來，「很無聊是不是？大哥哥我來陪你玩吧。」

「省點啦！」死同志！

「臭小子，你這態度很傷人咧。」他拚命揉我頭髮。

「喂，看到伍邵凱沒有？」扳開維爾森的手，我隨口問問。去你的！

「咦？那小子有來嗎？」

「有，戴了面具，所以你沒認出來吧？」我白了他一眼，認命的整理被揉亂的頭髮。

「面具?」說話時，他瞥向我擱在椅子上的面具，表情不曉得是想哭還是想笑。

那是蝙蝠俠的面具，伍邵凱的是超人面具，很帥氣的那種喔。

「元澍?」旁邊又出現另一個人的聲音，「我以為你在家休息?」紅色眼眸好奇的盯著我手上的繃帶。

「是伍邵凱硬要我陪他來啦，可是那小子自己卻不知道跑去哪裡泡妞了。」我抱怨。

「他不是三歲小孩，你還擔心他失蹤嗎?一定是躲在哪個角落跟女生……」維爾森奸笑，故意不把話說完。

不想跟這個傢伙瞎扯，我掉頭走回營火會的地點，沒想到維爾森向貓男道別後，途中被兩個女學生纏上了，他才眼巴巴的看著我拉開與他之間的距離。

「找人嗎?」

一道清脆的嗓音倏地傳進我耳裡。聲音有點熟，好像在那裡聽過。

抬起頭，那是一個戴著眼罩的女生，那個遮去了她大半張臉的眼罩是一般化妝舞會時，女生們都會用的那種，旁邊有羽毛的。不過，這女生的眼罩是全黑的，連羽毛也不例外，看起來好詭異。她身上也穿著跟營火會格格不入的黑色洋裝，捲髮、齊瀏海，而且曝露於空氣中的口紅，是接近黑色的暗紅色。

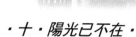

下一秒，我整個人震懾住了——神、神祕女凶手！

正想大聲喊出口時，她卻微笑著對我做了一個噤聲的動作，然後指了指身後某個方向，繼續說：「很有趣的玩意兒在後山等著你喔，過來看看吧。」

「後山？」循著她手指看過去，那是通往後山的方向沒錯。

我再次回頭時，對方竟然不見了！有些慌張的東張西望了好些時候，我確定她是真的憑空消失了。真是見鬼了！

鬼魅般的身影……她是魔人吧？沒錯，殘暴成性的魔人，才能把戴亞金、戴維與他六個手下以殘忍的手法殺害。戴亞爾是被戴欣怡殺死的，相較之下手法比較保守。

後山到底有什麼？她為什麼要我去那邊？難道她打算把所有事實都告訴我嗎？若真如此，我倒很想去跟她做個了斷，終止這些無謂的殺戮。

正想邁開腳步往後山跑時，維爾森不知何時已擺脫那兩個女生，又上前來纏住我了。

「我沒時間陪你玩啦。」說完，我繼續往後山跑去。

「喂，你去哪裡？」他死纏爛打。

「去找那個神祕女凶手，我剛才看見她了！」

「女凶手？」追向我，他狐疑的看著我。

「是她沒錯！」簡直跟那天雨夜裡遇到的黑色洋裝女孩一模一樣，無論聲音和氣質都是！

「喂，你別那麼衝動，先通知阿宇啊。」他緊追著我，一邊掏出手機撥打電話，「喂喂，這裡沒收訊啦！能不能等我一下，我先去找個有訊號的地方打電話？」

「那我先過去好了。」我已經等不及了。

「喂你……」見我沒有停下腳步的意思，他大概擔心我一個人跑上山會出事，只好無奈的把電話收回褲袋裡，然後趕上了我的步伐。

一口氣跑上了山頂，那棵遠遠就映入眼簾的百年老樹，上面好像多了個東西。在月光下，我可以看到那「東西」被一條拴在枝枒上的繩子綑綁著，在半空中隨風飄盪。

不假思索，我立刻跑向那棵老樹。

「吼——」狼的低吼聲，阻止我繼續前進。

停下腳步，我看見那頭殺人狼正咧著嘴，露出了尖銳的牙齒瞪著我。

「狼……」

「真慢，等得我睏死了。」樹上傳來了女孩的聲音，逮走了我的注意力。

說來奇怪，那狼一聽見女孩的聲音，乖巧的蹲在樹下，但兩眼直勾著我不放。

女凶手坐在樹上最高的一根枝枒上，兩腳在空氣中晃啊晃，優哉游哉的看著我。而枝枒旁邊纏著一條繩子，繩子的另一端綑綁著一個人。那個人兩手被反綁於身後，就這樣掛在高空，隨風搖拽著。

不，那個面具……那個一動也不動的人戴著超人的面具，是伍邵凱！難怪我到處都找不到他，原來他被女凶手捉走了！

我渾身血液頓時凝固了，下一個受害人，難不成是伍邵凱？不，絕對不能讓她得逞！

「快放開他！」我激動的怒喊。

「要放開他嗎？行啊。呵呵呵……」她笑得好開心，「吶，這遊戲太好玩了。要我放了他也行，只要幫我完成一件事情就行了。」

「什麼事？」我趨前一步，咬牙切齒的問，心想希望不是摘月亮那種不可能的任務。

「殺了他。」宏亮但冷得令人發寒的聲音倏地傳進我耳裡。

不知何時，女凶手旁邊突然出現了另一個人，那個人看起來很奇怪，身上穿著一件深灰色的連帽斗篷，把整個身體緊緊裹住了，只露出兩隻白皙的手掌。

那人到底是男是女啊？

「沒錯，殺了他。」女凶手笑嘻嘻的重複那個怪人的話，然後伸手指向我旁邊的維爾森。

「欸？」處於呆愣狀態的維爾森瞬間驚醒過來，指著自己鼻子訕訕的問：「殺了我？喂，你們在玩綁架和撕票的遊戲嗎？是校方特地安排的嗎？」

「教授！都什麼時候了還開這種玩笑！」我氣絕。

「呃，抱歉啦。」他咳了兩聲，開始認真的看著上方的兩個傢伙，「你們就是之前那些命案的幕後黑手吧？我這人可不想死得不明不白，你們最好先把事情交代清楚。」他看起來像個專業的談判專家。

「喔？還真是個不怕死的教授，竟敢跟我討價還價呢。」女凶手完全沒有露出不悅的神色，微笑著揶揄他。

「戴欣怡和安永煥，都在妳的控制之下殺人吧？妳是魔人，能操控人類的心智，把他們變成了殺人不眨眼的大魔頭。其中一個劫匪，也是在妳的操控下打傷了元澍和伍邵凱，然後為了毀滅證據，妳讓他在牢獄裡殺了同伴再自殺。」

「呵呵，原來你不只是個平凡的教授呀。你猜對了，那是我的特殊能力，要他們乖乖當替死鬼或幫我殺人，絕非難事。」她一副不把人命當回事般的開心笑著。

欸？原來……他們只是受到控制而非真正的魔人？

我太驚訝了，難怪下午顧宇憂對我的問題笑而不語，因為這件事還沒得到證實吧？

「戴亞金、戴維和他六個手下是妳親手殺死的。那種殘暴的殺人手法，只有魔人辦得到。」維爾森冷哼一聲，「那很容易猜到。」

「沒錯，為了幫警方完美的結案，我特地找來戴欣怡當替死鬼，怎麼樣，化了同樣的妝，穿戴上相同的假髮和洋裝，幾乎認不出來吧？呵呵呵……」她洋洋自得的對著維爾森笑，「可是這一次，我還滿開心找到了一個聰明的殺手，所以那些女生的死，我可以完全不必插手，只是借出我可愛的寵物掩人耳目而已。」

說到這，她瞥了樹下的狼一眼，然後對牠使了個眼色。那頭狼仰天長嚎一聲，鑽進叢林裡消失無蹤了。

「這麼說來，盧小佑半年前的斷掌，也是被妳撿走的？換上別人的手，是為了避免曝露自己的身分吧？妳果然很謹慎。我不禁要懷疑那些搶劫盧小佑的匪徒，也是被妳控制的。」維爾森又語出驚人。

「呵呵呵，這麼聰明的教授，我真有點捨不得殺了你呢。」

她、她是真的想要殺了維爾森？我大驚。

「啊，真是謝謝妳如此完整的解釋，之前的那些凶殺案，總算水落石出了。」維爾森不怕死的勾著笑，「不過我有點不明白，你們為什麼要把元澍變成魔人？」

「原來你們早就知道問題出自元澍身上啊？不過，這種事你也管不著吧？你只要閉上嘴，乖乖被元澍殺死就行了。」她眼裡騰出了殺意。

維爾森聳了聳肩，看著我的目光似乎有些無奈。

「維爾森！給我攻擊元澍！逼他殺了你！」

樹上那個可愛的洋娃娃兩眼倏地眨著紅光，似乎在對維爾森……下命令？

不好了！她會跟控制戴欣怡或安永煥一樣，要維爾森聽令於她！

「住手！」我立刻挺身而出，擋在維爾森身前，然後心急如焚的向身後的人喊話：「維爾森！千萬別被她奪走了心智！」

一隻溫暖的手搭在我肩上，輕輕拍了兩下。我回過頭，維爾森並沒露出凶暴嗜血的模樣，反而溫和的笑了笑，踏前一步緊盯著上方的女凶手。

「真抱歉，妳那把戲只能用在普通人類身上。」

「……你是魔人？」女凶手有些驚訝的站起身，然後一臉戒備的看著他。

我的驚訝也不在她之下，沒想到維爾森也跟我一樣。

「別把我跟你們這些暴戾的傢伙混為一談。」他面帶不屑的邪笑。

「你也是還沒進行血祭的魔人後裔？」我驚訝的問。

「喔？原來元澍知道的也不少呀。那就別再跟我磨蹭了，我這人可沒什麼耐性。既然已經知道我的目的，那就趕快殺了那個礙眼的傢伙，否則……」她抽出一把手臂般長短的短劍，直指向已昏迷的伍邵凱身上。

「給我住手！」我既不能殺維爾森，又不想眼睜睜看著伍邵凱陷入危險，一時間進退兩難。

「我不會殺人，更不會成為像你們那樣殘暴的魔人！拜託你們，別再纏著我了！」我直接把話挑明，「為什麼要殺人？殺人對你們來說有什麼意義？拜託你們，還給大家一個安寧的社會吧！」

「成為我的同伴，我自然會把你想知道的部分全告訴你。元澍，你不也很喜歡血腥味嗎？血液能讓你體內的細胞亢奮起來不是嗎？所以你註定是要成為魔人的！別再做無謂的抵抗和逃避了，否則……我會一直殺死你身邊的人，一個接一個的！」她面目猙獰的瞪著我，然後拎著伍邵凱的衣領，以刀鋒抵著他咽喉。

「住手！」我氣急敗壞的大喊。

「那就快動手啊！」她發出了震耳欲聾的咆哮聲。

怎麼辦？我必須想辦法救出伍邵凱……真該死，剛才應該先通知顧宇憂，說不定就能輕而易舉擺平眼前那兩個魔人。

另一個怪人，也是魔人沒錯吧？他到底是誰，他把發言權全交給女凶手，連女凶手也必須聽令於他嗎？

就在我跟女凶手僵持不下、互相對峙時，遠方突然傳來喝叱聲，打破了眼前的僵局與寧靜。

「警察！別動！」

聽起來像是嚴克奇的聲音。我往後一看，幾乎整個後山都被警方包抄了。

「嘖，討厭，礙事的傢伙又來了！」女凶手嬌嗔道。

「快放下武器和人質！」

「哼！你們這些無能的警察，若不想看見我手上的人質被碎屍，統統給我退下！」女凶手帶著嗤笑盯著眼前的敵人，完全不把他們放在眼裡。

「妳逃不掉的，自動投降吧！」嚴克奇繼續朝向女凶手喊話。

「呵呵呵……別小覷小女孩的能力噢。」她調皮的眨了眨眼。

「不准妳傷害他們！」我怒喊。妳休想在這裡大開殺戒！

「呵，那你就允許我傷害伍邵凱是吧？」刀子在伍邵凱脖子間遊走。

「給我住手！不准再殺人了！」我氣急敗壞的制止她，「如果妳非要殺死任何人來滿足妳那無聊的欲望，那妳索性殺死我算了！」

以自己的性命換回伍邵凱或其他人的命，這筆交易怎樣算都很值得。只要我繼續留在這世上，學校裡，甚至A市都將無法恢復安寧。

……沒錯，我自暴自棄的想要犧牲自己來結束這場無聊的遊戲。

「元澍，你錯了，你的命比任何人都還要值錢噢。」

她的話令我陷入了兩難。這樣不行，那樣又不行，為什麼非要把我逼入絕境、逼我殺人？

「為什麼一定要我殺人不可？你們到底是誰？」我快要抓狂了！

「算了，跟你這個善良和單純的男孩繼續僵持下去，也不會有什麼結果。那麼，我就先退下好了，剩下的遊戲，你們慢慢玩便是。不過，別怪我沒提醒你，我還會再來找你的！」

「欸？」她打算就這樣離開嗎？她肯放過伍邵凱了嗎？不過，先不管她會不會再回來糾纏我，只要能暫時化險為夷、救回伍邵凱比較重要。

在我眼裡閃爍著希望的同時，她卻冷笑一聲，眼神騰出了殺氣，「元澍，我要你記住，是你的優柔寡斷害死了你自己的朋友！」說完只見一道銀光閃過，伍邵凱的頭顱馬上與身體分開……

我頓時愣住了。

騙人的吧？伍邵凱比我強太多了，怎麼可能在眨眼間就被砍掉頭顱？

尖銳的狂笑聲瞬間充滿著整座後山，瞠著眼，我愣愣看著伍邵凱被綁著的身體仍在空中搖啊搖，脖子上的切口頓時鮮血狂噴，像是雨水般滴在離我不遠的野草上方。

半晌，我才猛然清醒過來。

她殺了伍邵凱！她居然殺了伍邵凱！

張著嘴，我無法發出半點聲音。一直帶著燦爛笑臉跟我耍嘴皮、騎著野狼載著我在路上狂飆的陽光男孩，轉眼間竟已成了一個沒有生命的軀體？怎麼可能……

曾經與伍邵凱相處的點點滴滴，像是跑馬燈般從我面前掠過。

自從那天在人行道上的那場邂逅，我們開始成了一對密不可分的連體嬰。遇到危險時，他奮不顧身的衝上前來幫我、保護我，我爸洋房被戴維燒毀時是這樣，被戴欣怡攻擊時也一樣，我們一起攜手面對敵人、一起受傷後仍大呼過癮……

在我面對失意、沮喪或開心時，他一直都待在我身邊陪我哭、陪我笑、陪我揍人。同學們以為我是衰神轉世，個個搶著疏遠我，他卻不信邪的繼續巴在我身邊，對我不離不棄。

他是我身邊最親近的好友、死黨，我早該猜到的，女凶手一定會對他下手，我早該知道的！說不定這一次，伍邵凱也是為了要保護我才會落入女凶手手中，那個笨蛋！

伍邵凱，你是大笨蛋！

我算什麼朋友啊？每一次都是他在保護我，而我只會一次又一次把他推向危險與死亡……他是大笨蛋，那我就是大渾蛋！

「不！伍邵凱！伍邵凱！」我發了狂的想要跳上樹上，但身後的警方開始朝向樹上開槍，一旁的維爾森馬上拽著我趴在地上，以免遭到子彈射傷。

女凶手拎著伍邵凱的頭顱，轉眼間已跟那個怪人一起消失於黑暗之中，只剩下了令人毛骨悚然的笑聲迴盪於陰森詭譎的夜裡。

見敵人已經逃走了，警方的槍聲也停了下來。

「喂！你們沒事吧？」嚴克奇跑上前來扶起我們。

「伍邵凱——」感覺視線被溫熱的液體浸溼了，我用力推開旁邊的人，擦去不停狂湧而出的淚水，我幾乎想立刻衝去樹上抱著伍邵凱的屍身大哭一場，但維爾森和嚴克奇硬是把我壓制在地上。

「元澍！冷靜一點！伍邵凱已經死了！」

「開什麼玩笑！他怎麼可能會死？怎麼可能……」我悲憤莫名，「是我害死了他！是我！」

感覺心好像被人揪著不放，就快要窒息了。

要我如何接受那傢伙已經死去的事實啊？他對我而言，就像是打不死的蟑螂啊。

「伍邵凱，快給我開口說話啊！告訴我你沒死，告訴我這只是你一時無聊而搞出來的惡作劇啊！伍邵凱！你這個渾蛋！專門愛欺負我的大壞蛋，別玩了啊，這遊戲一點也不好玩……一點也不……」

「元澍，你要接受事實，伍邵凱已經被女凶手殺死了，你要振作一點，控制你的情緒……」

嚴克奇揪著我衣領，用力搖晃。

不！他們為什麼非要逼我接受這個殘酷的事實不可？

這傢伙的笑容，將永遠從我生命裡消失了嗎？永遠……

為什麼要這樣？為什麼一定要奪走我身邊的朋友？

「女凶手！我要殺了妳！我要殺了妳！」體內有滿腔的怒火好想馬上發洩出來，「放開我！」我用力掙扎，握緊拳頭擊向箝制住我的嚴克奇與維爾森。

被拳頭擊中的人向後倒去，然後呻吟著想要站起身。抬起腳，另一個人也被我踢飛出去，倒在不遠處的草地上。

剛才倒下的人又撲上前來抱著我，「快把顧宇憂找回來啊！叫他別再去管那個女凶手，元澍又要抓狂了！」嚴克奇死命抱著我不放，把我的怒火逼到了極限。

「休想阻止我！」用力在他腹部抽了一拳，他稍微鬆手，但我走沒兩步又被他撲倒在地上。

這人還真是沒完沒了！

「叭嗒——」突然，感覺有東西滴在我頭上，仰起頭，那是夾帶著腥味的鮮血。

我愣住了。

伍邵凱的身體就在我上方而已，身下的野草全是流自伍邵凱身上的血液。

「是血、伍邵凱的血……他已經死了、他已經死了！」我悲憤的怒吼，然後逮住了壓在我身上的嚴克奇，憤怒的朝向他展開攻擊。要是手上有刀，我大概會一刀刺進他體內。

雖然被我揍得很慘，但他始終不肯放開我。

「元澍，快住手！你會殺了他！」維爾森氣急敗壞的趨前抱住我，卻無法制住已經接近瘋狂的我。

「與其讓更多人為了我而死，殺一個人，又算得了什麼？」沒錯，只有讓自己的手染上別人的鮮血，才能阻止殺戮繼續發生！

體內那股莫名的力量又開始躍動著，是體內的惡魔給了我這股力量吧？

沒錯，殺了嚴克奇，完成血祭，我就能掌握惡魔的力量，然後阻止那些傢伙繼續奪走我身邊重要的人！我不想再眼睜睜看著別人為我而死了，我要召出體內的惡魔與他們對抗！

冷笑著，我面露凶光的看著已陷入半昏迷的嚴克奇，奮力甩開身後的維爾森，揪著嚴克奇的衣領，我一個手刀直接切入了他心臟的部位，以最直接的方式奪去他的呼吸！

溫熱和帶點黏稠的液體噴在我臉上，直接沁入我雙唇，又腥又甜的瞬間在我舌尖化開……

「嚇？是鮮血！我殺了人！」瞬間，我整個人猛地清醒過來。

出現在我面前的，不是嚴克奇已經成了死人的蒼白臉龐，而是微微皺著眉，正用力握住我手腕的顧宇憂。

他居然擋在嚴克奇面前！

硬生生把我的手掌從他胸前抽出來，旁邊的人全都愣住了。摀著胸前不停冒血的傷口，他的聲音有點虛弱但帶著濃烈的怒腔：「你以為殺了人就能結束這一切嗎？成了魔人，只會有更多的性命斷送在你手中而已！」

「阿宇！」維爾森立刻上前來扶著搖搖欲墜的友人。

「女凶手的目的你還不懂嗎？殺了人，就正中她的下懷。」

「可是伍邵凱……」我無助的看著他，整個人跌坐於地上，眼淚滴滴答答的掉個不停，「伍邵凱死了……」他是我在A市認識的第一個朋友、最要好的死黨，嗚……

「絕對不能妥協，元澍，我跟維爾森會一直站在你這邊的。」

再次抬頭時，他的左眼正泛著紅光。我記得剛才女凶手試圖對維爾森下令時，兩眼也閃爍著類似的光芒，那到底代表些什麼？

理智告訴我，我必須馬上移開目光，但那紅光像是魔法般吸住了我的眼睛。

然後，我眼前一黑，身體緩緩的倒在冰冷的草地上……

※……※……※……※

「砰砰砰！」像是撞門的聲音，把我從睡夢中吵醒。

頭很痛，眼睛也好像有點腫，呃，是睡眠不足嗎？

為啥會睡眠不足？喔，昨晚好像去參加學校補辦的迎新營火會，結果那該死的女凶手竟跑去學校的後山鬧事。我們跟她對峙了一整晚，後來被她成功逃脫了。

回到家時，已經差不多快要天亮了。今天能不能請假不去學校上課啊？

「砰砰砰！」拍門聲又再度傳來，還夾帶著某人的叫嚷聲：「元澍！起床啦，現在已經幾點啦？你是豬啊？豬元澍豬元澍！」

你叫我什麼啊？死教授！

想要故意裝死不應門，卻擔心那個暴力狂把門給拆了，只好悻悻然的跳起身拉開房門。再說，我也不想一直被人喊豬元澍！

一看見他額頭貼了一塊紗布，臉上也紫一塊青一塊的，我有些莫名其妙。參加營火會時跌傷的嗎？哈，那真是報應啊。

「動作快一點，別遲到了！」那個人把我拉出房間，再從後面推著我來到浴室。經過飯廳時，香噴噴的炒飯馬上刺激著我的味蕾，好香啊。

廚房裡有個人在忙著，好像在清洗炊具吧？

打了個大大的哈欠，我走進浴室盥洗後，直接來到飯廳坐下。

「你只剩下十五分鐘。」那個從廚房走出來的人，動作優雅的在我對面的座位坐下，頭也不抬的說。

維爾森早已津津有味的吃著自己的那份炒飯，沒空理我。

這兩個都是跟我同居的傢伙，一個是冷冰冰的貓男學長顧宇憂，一個是喜歡巴在我身上的男同志教授維爾森，這陣子在A市生活，莫名其妙惹上殺人事件時，他們都幫了我很大的忙。

印象中應該還有一個感情比較親密的伙伴……啊，是嚴克奇那個不怎麼討喜的警官吧？

呼，前陣子發生的女大學生連環凶殺案已暫時告一段落。我是魔人的後裔，只要一天沒完成血祭召喚出體內的惡魔，那個女凶手就會一直纏著我不放。她就是那個製造出戴家連環凶殺案，以及上述命案的幕後黑手。

對了，還有一個身穿斗篷的怪人，聽聲音應該是個男人，也是個神祕到家的傢伙。希望警方能儘快將他們逮捕歸案，我可不想看見有人再為我而死。

這時候，客廳的電視機突然播出一則新聞。

「現在為您插播一則特別新聞，昨晚本市某大學舉行迎新營火會時，卻樂極生悲，一名大一新生在學校後山意外跌死。死者被證實為伍邵凱，今年十八歲……」

這傢伙原本想去後山那棵百年大樹前許願的，沒想到卻不小心掉下山崖跌死了。事件是在女凶手前來鬧事前就已經發生了。

「許什麼願啦，結果連性命也賠上了。」吃著炒飯時，我一邊咕噥。

「對呀，以後沒事最好別去後山，那邊好像有點邪。」維爾森附和。

我並不認識那個叫伍邵凱的人，但聽說是個長得很好看的男生，嘖，就這樣摔死了。

「時間到了。」把空盤和空杯子收進廚房，顧宇憂拿起背包面無表情的宣布，打斷了我跟維爾森的談話。

維爾森趕緊兩三口解決所剩無幾的炒飯，然後衝進廚房洗手去。

「啊？」瞬間回過神的我，發現自己仍穿著睡衣，頭髮也亂糟糟的，而且盤裡的炒飯只吃了兩口！

「等、等等我啊！再給我五分鐘！五分鐘就好了！」要不是我這個路痴想要搭順風車上學，需要這麼辛苦嗎？

我立刻低頭扒飯，然後馬上衝進房裡隨便套了件T恤和牛仔褲，再拉起背包追向已在玄關穿好鞋子的兩個大帥哥。

「下次別再貪睡了啦。」彈了我額頭一下，維爾森轉身踏出門口，追向率先出去的顧宇憂。

鎖上門，稍微整理身上的衣服和頭髮，我也趕緊追上那兩道一前一後的身影。

全新的一天，又即將開始了。

《Evil Soul ×少年魔人傳說02都是情書惹的禍》完

敬請期待更精采的《Evil Soul ×少年魔人傳說03》完結篇

・附錄・

等級不同（感謝小澍搏命演出）

優秀生的秘訣

・後記・

呃啊啊啊——貓貓居然把元澍的死黨伍邵凱給殺、死、了！（OS：啊美少年你在九泉之下千萬別找貓貓報復，沒聽過「紅顏」薄命這句話哦？）

伍邵凱死了，誰將在元澍傷心難過和失戀時，好心借出肩膀給他擦鼻涕、陪他睡覺（誤）、生氣動怒時給他當沙包出氣啊？貓貓相信維爾森不介意這麼做，但要看他有沒有這麼長命了……（咦？這是下集預告嗎？）

至於神祕女殺手為何找上元澍，想必大家心裡大概有個譜了吧？但要把所有疑團銜接起來，推測出幕後黑手的身分與目的，當然需要更多的真相碎片，而這些碎片將在第三集一一浮出水面喔！呵呵，接下來神祕女殺手將在元澍身邊奪走誰的性命呢？相信這是大家迫切關注的焦點吧？咳咳，（小聲）其實伍邵凱是「死有餘辜」啦……（嚇？！又是……預告嗎？）

好，提示只給到這。關於大家的疑問，貓貓只能說，下一集是完結本，怎能少了令人驚心動魄和精采絕倫的情節呢？呵呵～

最後，不忘感謝買了第二集的各位，有了你們支持，貓貓才能走得更踏實、更長遠。雖然人家說好事成雙，但偶爾來個好事成三也不壞，就好人做好底，請一定要支持下一集完結本哦，謝謝！

邪貓靈　二〇一三年六月

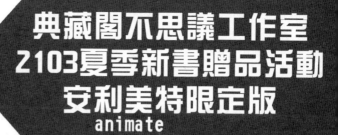

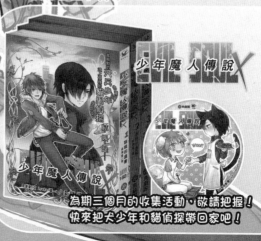

飛小說系列056

Evil Soul ×少年魔人傳說
02 都是情書惹的禍

出版者■典藏閣
作　者■邪貓靈　繪　者■Lyoko
總編輯■歐綾纖
製作團隊■不思議工作室
郵撥帳號■50017206 采舍國際有限公司（郵撥購買，請另付一成郵資）
台灣出版中心■新北市中和區中山路2段366巷10號10樓
電　話■(02) 2248-7896　傳　真■(02) 2248-7758
物流中心■新北市中和區中山路2段366巷10號3樓
電　話■(02) 8245-8786　傳　真■(02) 8245-8718
ISBN■978-986-271-350-1
出版日期■2013年6月

全球華文國際市場總代理／采舍國際
地　址■新北市中和區中山路2段366巷10號3樓
電　話■(02) 8245-8786　傳　真■(02) 8245-8718

新絲路網路書店
地　址■新北市中和區中山路2段366巷10號10樓
網　址■www.silkbook.com
電　話■(02) 8245-9896
傳　真■(02) 8245-8819

典藏閣不思議工作室2103初夏活動・安利美特animate限定版

只要符合以下條件，就有機會獲得【魔人Q角胸章】1枚——

1. 即日起至2013年8月1日止，在**安利美特animate門市店**購買 ***《Evil Soul×少年魔人傳說》全套3集***。
2. 在書後回函信封處蓋上安利美特店章，或是影印安利美特購書發票。
3. 將全套3集的書後回函（加蓋店章）寄回；若採影印發票者，請一併寄回發票影

PS. 可以等購買完「全3集」後，再於8月1日前，全部一次寄出。

☞您在什麼地方購買本書？☜

☐便利商店__________ ☐安利美特 ☐其他網路書店__________

☐書店__________市／縣__________書店

姓名：__________地址：__________

聯絡電話：__________電子郵箱：__________

您的性別：☐男 ☐女 您的生日：__________年__________月__________日

（請務必填妥基本資料，以利贈品寄送）

您的職業：☐上班族 ☐學生 ☐服務業 ☐軍警公教 ☐資訊業 ☐娛樂相關產業 ☐自由業 ☐其他__________

您的學歷：☐高中（含高中以下） ☐專科、大學 ☐研究所以上

☞購買前☜

您從何處得知本書：☐逛書店 ☐網路廣告（網站：__________） ☐親友介紹

（可複選） ☐出版書訊 ☐銷售人員推薦 ☐其他

本書吸引您的原因：☐書名很好 ☐封面精美 ☐書腰文字 ☐封底文字 ☐欣賞作家

（可複選） ☐喜歡畫家 ☐價格合理 ☐題材有趣 ☐廣告印象深刻 ☐其他__________

☞購買後☜

您滿意的部份：☐書名 ☐封面 ☐故事內容 ☐版面編排 ☐價格 ☐贈品

（可複選） ☐其他

不滿意的部份：☐書名 ☐封面 ☐故事內容 ☐版面編排 ☐價格 ☐贈品

（可複選） ☐其他

您對本書以及典藏閣的建議__________

____

____

✌未來您是否願意收到相關書訊？☐是 ☐否

✌感謝您寶貴的意見✌

印刷品

$3.5
請貼
3.5元
郵票
不思議信箱
FUSIGI POST

235 新北市中和區中山路二段366巷10號10樓

華文網出版集團　收

（典藏閣－不思議工作室）

EVIL SOUL

少年魔人傳說

邪貓靈／文 Lyoko／圖

2 都是情書惹的禍